Katharina Bendixen Der Whiskyflaschenbaum

Katharina Bendixen

Der Whisky-flaschen-baum

Erzählungen

poetenladen

Erste Auflage

ISBN 978-3-940691-07-1

Illustration und Umschlaggestaltung: Miriam Zedelius
Druck: Pöge Druck, Leipzig
Printed in Germany

Poetenladen, Blumenstraße 25, D-04155 Leipzig
www.poetenladen-der-verlag.de
www.poetenladen.de
verlag@poetenladen.de

Inhalt

Der Grashalm

Als mein Bruder fünf Jahre alt war, wurde er von einem Traktor überfahren, und obwohl mein Vater den Traktor lenkte, war nicht nur er schuld am Tod meines Bruders, sondern wir trugen die Schuld zu dritt. Meine Mutter stand in der Küche und passte durch das Fenster auf meinen Bruder auf, der neben dem Haus in der Sonne spielte. Für einen Moment schaute sie jedoch nicht nach draußen, sondern auf den Kartoffelbrei, der im Topf große Blasen warf. Mit kräftigen Bewegungen rührte sie den Kartoffelbrei, statt meinen Bruder im Blick zu behalten. Ich sollte meinen Vater in die Lücke zwischen Ahornbaum und Schuppen einwinken. Mein Bruder kauerte sich an die Schuppenwand, er untersuchte ein paar Grashalme, riss sie in schmale Streifen und hielt sie gegen die Sonne. Ich war mir sicher, dass mein Vater meinen Bruder sehen und an ihm vorbeilenken würde. Ohnehin stellte er den Traktor immer in einem Meter Abstand zur Schuppenwand ab, damit das Regenwasser nachts nicht vom Schuppendach auf den Traktor tropfte. An diesem Tag parkte mein Vater aber besonders nahe zur Schuppenwand ein, weil seit Tagen die Sonne schien und der Traktorsitz so heiß wurde, dass er sich den Hintern verbrannte. Bis nach oben in mein Zimmer hörte ich morgens seine Flüche. Mein Vater beachtete nur mein Winken in die hintere Richtung, den Abstand zur Schuppenwand bestimmte er selbst. Er gab Gas, dann holperte es kurz. Er stellte den Motor ab und sprang aus der Fahrerkabine. Ich blieb neben dem Ahornbaum stehen und sagte nichts. Meine Mutter schaute vom Kartoffelbrei auf. An der Stelle, an der eben noch mein Bruder gekauert hatte, stand nun der Traktor, und zwischen seinen großen Hinterrädern war etwas Kleines, Farbiges zu erkennen. Ich sagte nichts, dann sagte ich: „Papa!“ Auf dem Weg zum Haus drehte mein Vater sich um und sagte: „Nein, zum Traktorfahren bist du immer noch zu klein, aber einwinken kannst du wirklich gut.“ Ich sagte noch einmal: „Papa!“ Mein Vater verschwand im Haus. „Keine Diskussion!“, rief er mir noch zu. Hinter ihm her lief ich in die Küche. Meine Mutter sah durch das Fenster den Traktor an, mein Vater hatte ihr den Arm um die Hüfte gelegt und schaute in dieselbe Richtung, der Kartoffelbrei blubberte, die Hälfte war schon auf der Herdfläche verteilt. „Komm zu uns“, sagte meine Mutter mit monotoner Stimme, und mein Vater nickte stoisch zu ihren Worten. Ich stellte mich vor meine Mutter und lehnte meinen Hinterkopf an ihre weiche Brust, bis sie zu schreien begann.

Die Rettungssanitäter brauchten lange, um meinen Bruder zu befreien. Sie funkten schon die Feuerwehr an, aber bevor der rote Wagen eintraf, brachten sie meinen Bruder doch unter dem Traktor hervor, und sie bestellten ihre Kollegen wieder ab. Dann wollten sie meinen Bruder nicht mitnehmen, weil sie sahen, dass sie nicht mehr helfen konnten. Meine Mutter bat sie, ihn auf die Trage zu heben. Sie richtete seine Gliedmaßen wieder ein, so dass man glauben konnte, er hätte keine Verletzungen, wenn er nicht überall so blutig gewesen wäre. „Aber jetzt“, sagte meine Mutter, „können Sie vielleicht noch etwas tun, jetzt sieht er schon viel besser aus.“ Die Rettungssanitäter schüttelten den Kopf und hoben die Trage in ihren Wagen. Ohne Blaulicht fuhren sie davon, und wir gingen wortlos ins Haus. Auch später redeten wir nicht über ihren Besuch, nur wenn wir uns mittags im Hausflur trafen, sagten wir unsere Traktorsätze. Meine Mutter sagte: „Fast hätte ich meinen Sohn getötet, als ich Kartoffelbrei kochte“, und mein Vater sagte: „Fast hätte ich meinen Sohn getötet, als ich den Traktor einparkte“, und ich sagte: „Fast hätte ich meinen Bruder getötet, als ich meinem Vater beim Einparken half“, und manchmal lächelten wir dann. Wenn einer anfing, mussten die anderen ihre Sätze auch aussprechen, und wenn einer lächelte, mussten die anderen auch lächeln, und dann ging ich nach oben und erledigte meine Hausaufgaben, und meine Mutter ging in die Küche und kochte Marmelade ein, und mein Vater ging nach draußen und fuhr über die Felder.

Bis auf unsere Angewohnheit, nacheinander diese Sätze zu sagen, änderte sich nach dem Besuch der Rettungssanitäter nicht viel, nur das Einparkverhalten meines Vaters wandelte sich: Er ließ den Traktor abends einfach auf dem Feld und setzte sich am Morgen wieder hinein. Zum Geburtstag schenkte meine Mutter ihm ein Sitzkissen mit einem Bezug voller weißer und gelber Blumen, das von der Sonne nicht aufgeheizt wurde und seinen Arbeitstag auf dem Feld angenehmer machte. Manchmal hielt er nun seinen Mittagsschlaf in der Fahrerkabine, er verschränkte die Arme über dem Lenkrad und bettete den Kopf darauf. Den Zündschlüssel versteckte er tief in seiner Hosentasche, damit ich nicht auf dumme Gedanken käme. Doch das passierte nicht, denn noch etwas war anders geworden: Ich bettelte meinen Vater nicht mehr an, dass er mich Traktor fahren ließe, und ich sehnte das Alter, in dem ich endlich Traktor fahren durfte, nicht mehr herbei. Ich begann, es ängstlich zu betrachten, verfluchte jeden Geburtstag und gab mich bei Fremden jünger aus, als ich eigentlich war. Meine Eltern sahen sich dann über meinen Kopf hinweg an, nur mit Lippenbewegungen deuteten sie ihre Traktorsätze an, und ich flüsterte meinen Traktorsatz hinterher, und manchmal dachte ich, sie würden mich verstehen.

Ich musste meinen Vater enttäuschen, als ich in das gefürchtete Alter kam, in dem er mich zum ersten Mal hinter das Lenkrad seines Traktors setzen wollte. „Ich kann das nicht", sagte ich. Mein Vater sah mich ungläubig an. Er hatte den Traktor vor das Küchenfenster gestellt, unweit des Ahornbaums und des Schuppens. „Ich glaube, ich kann das einfach nicht", wiederholte ich. Zuerst versuchte mein Vater es im Guten. „Fast hätte ich meinen Sohn getötet, als ich den Traktor einparkte", sagte er, und ich erwiderte: „Fast hätte ich meinen Bruder getötet, als ich meinem Vater beim Einparken half", und meine Mutter sagte nichts, sie stampfte in der Küche Kartoffeln und konnte uns nicht hören. Störrisch verharrte ich neben dem Traktor, mein Vater wurde langsam wütend. „Sei doch nicht so sensibel", fuhr er mich an. Ich schaute von seinem Gesicht auf den Boden und zurück. „Vielleicht möchte ich überhaupt nicht Traktor fahren", sagte ich, „vielleicht möchte ich etwas ganz anderes lernen." – „Keine Ausreden", schimpfte er, „was willst du denn sonst arbeiten? Und überhaupt: Beim Einwinken warst du auch nicht so zimperlich!" Ich fuhr zusammen. „Aber ...", sagte ich. „Kein Aber!", erwiderte mein Vater. „Natürlich Aber!", rief ich. „Du kannst ja nicht mal richtig einparken! Was soll ich von dir schon lernen?" Meine Mutter schaute aus dem Fenster, sie war aufmerksam geworden, weil wir immer lauter sprachen. „Fast hätte ich meinen Sohn getötet, als ich Kartoffelbrei kochte“, rief sie aus dem Fenster. „Du!“, schrie mein Vater. „Du kannst nicht einmal auf ein fünfjähriges Kind aufpassen, wie soll da aus dem anderen etwas Vernünftiges werden!“ Meine Mutter sah meinen Vater entsetzt an. „Wieso beginnt ihr nicht mit dem Einparken, das ist doch das Wichtigste, da kann man eigentlich nicht viel falsch machen“, sagte sie und zog die Gardine zu. Mein Vater spuckte auf den Boden.

An diesem Abend verließ er zum ersten Mal seit dem Besuch der Rettungssanitäter das Haus, ohne sich zu verabschieden. Er kam nicht wieder. Meine Mutter ging am nächsten Morgen, sie trug ihren Einkaufsbeutel mit einer großen Dose Kartoffelbrei in der Hand. Ich verfolgte ihren Weg bis an die Biegung der Dorfstraße, dann verlor ich sie aus den Augen, während ich mir überlegte, die großen Reifen des Traktors mit einem Messer zu zerstechen. Es gelang mir nur bei einem. Ich nahm das geblümte Kissen aus der Fahrerkabine, legte es neben die Schuppenwand und setzte mich darauf. Ich riss einen Grashalm aus dem Boden und hielt ihn gegen die Sonne, aber ich konnte nichts Fesselndes daran erkennen.

Unser enges Haus

In einer kalten Winternacht vor ein paar Jahren erfror uns die Großmutter in der Laube. Der Sohn fand sie beim Spielen und rief: „Jetzt möchte ich in der Laube wohnen!“ Wir trugen die tote Großmutter über den Hof in die Küche und betteten sie auf den Tisch, dort zogen wir ihr das Totenhemd an. Die Katzen kletterten auf die Küchenschränke, wir verscheuchten sie, sie miauten heftig, als ahnten sie, was nun begänne.

In unserem Haus war es eng: Bei der Geburt des Sohnes hatte die Großmutter in die Laube ziehen müssen, damit der Sohn und der dicke Onkel im Großmutterschlafzimmer Platz finden konnten. Jeden Abend musste die Großmutter über den Hof zur Laube laufen und jeden Morgen zurück, an stürmischen Tagen begleiteten wir sie bis zur Laubentür, die Großmutter war dünn und ihre Knochen morsch, sie konnte im Wind leicht umknicken. Katzen strichen uns um die Beine.

Wir wollten nicht, dass der Sohn in der Laube wohnte. „Aber die Schwester hat ein eigenes Zimmer!“, rief der Sohn. „Und ein eigenes Bett noch dazu!“

Kurz bevor die Großmutter gestorben war, hatte die Tochter sich den Verschlag auf dem Flur gebaut. Unter die Treppe hatte sie ein Bett aus alten Brettern gestellt, davor einen Vorhang gehängt, einen dünnen Stoff mit bunten Fischen. Hinter den Fischen wohnte sie nun mit Kissen auf dem Boden und dem Rest eines alten Schals als Tischdecke. „Einen Tee vielleicht?“, fragte die Tochter manchmal. „Einen Kaffee?“ Aber höchstens die Katzen besuchten sie und schlürften die Milch von Tellern.

Für den Sohn hatten wir keinen anderen Platz. Es gab für ihn nur das Bett mit dem dicken Onkel im Großmutterschlafzimmer.

Zwei Winter später wuchs der Sohn aus dem Bett, seine Füße stießen gegen den Bettrahmen. Der dicke Onkel sagte beim Frühstück: „Der Sohn ist zu groß für das Bett geworden.“ Der Sohn zeigte auf sich, nickte und sagte: „Ich bin zu groß für das Bett geworden.“ Es wurde immer enger im Haus, obwohl wir doch einer weniger geworden waren.

Wir verboten dem Sohn, in die Laube zu ziehen. „Schenkt ihr mir die Laube nicht, zeuge ich Kinder, die noch mehr Zimmer benötigen!“, drohte der Sohn. Er sammelte unter dem Bett schon Töpfe und Teller, die er in den Nachbarhäusern erbettelte, er zwinkerte den Nachbarsfrauen zu, er hoffte, dass sie ihn in ihre Betten einluden, aber sie lachten nur. Die Laube war sein einziger Traum, dabei hatte sie sich mit den Jahren durch den Herbstwind geneigt. Voller Wut, dass wir ihm die Laube nicht gaben, trampelte er nachts gegen den Bettrahmen und schrie. Niemand schlief mehr gut in unserem engen Haus. „Einen Tee vielleicht?“, rief die Tochter empört in die Schreie hinein. „Einen Kaffee?“ Sie schnitt einzelne Fische aus dem Vorhang und unternahm in ihren Träumen Tauchgänge in tiefe Ozeane. Tagsüber schlichen die Katzen schläfrig durch das Haus. Nur der dicke Onkel war noch erholt, er hatte schon immer den besten Schlaf.

„Es gibt keinen Raum für dich“, erklärten wir dem Sohn. Hasserfüllt kniff er die Tochter in die Arme und bewarf die

Katzen mit Tellern. „Aber der Onkel ist schon alt“, versprachen wir leise. „Sehr, sehr alt!“, flüsterten wir. Misstrauisch zog der Sohn mit der Suppe Schlieren auf dem Tisch und schleuderte dann seinen Suppenlöffel gegen die Wand.

Nach zwei weiteren Jahren schenkten wir die Laube dem Sohn, es schien uns, als hätten wir keine Wahl.

Der Sohn nahm zwei Klappstühle und den Kleiderschrank mit, er stellte Teller und Töpfe unter sein neues Bett. Sonntags besuchte er uns zum Mittagessen, er lief den Weg, den die Großmutter früher gegangen war, zufrieden löffelte er an unserem Tisch seine Suppe. Die restliche Zeit ruhte er sich im Bett über den Tellern und Töpfen aus und lockte Frauen in die Laube. Im Winter holte er sich heißblütige Frauen, die ihn wärmten, und im Sommer suchte er sich kaltblütigere heraus. Wir hatten dem Sohn die Laube geschenkt, und dennoch zeugte er zahlreiche Kinder. In der Laube der Großmutter, im Bett der Großmutter zeugte er so viele Kinder, wie der Vorhang der Tochter Fische zeigte.

Bald wurde es eng in der Laube. Auf der Suche nach eigenen Zimmern krabbelten die ersten Kinder heraus und krochen langsam über den Hof, sie nahmen den Weg, den sonntags der Sohn lief, um uns zum Mittagessen zu besuchen. Sie erkletterten die Treppenstufen im Haus und breiteten sich aus. Fünf schliefen auf der Treppe über dem Verschlag der Tochter, weitere zehn zerschlugen das Porzellan und zogen in die Küchenschränke, und fünfzehn warfen die Bücher aus dem Regal, verkrochen sich zwischen den Regalbrettern und deckten sich nachts mit den papiernen Seiten zu. Die Katzen fanden keinen Platz mehr zum Schlafen. Wenn sie zum Sprung ansetzten, um die Fische im Vorhang der Tochter zu fangen, stolperten sie übernächtigt über ihre eigenen Tatzen.

Zum Glück starb in dieser Zeit der dicke Onkel. Schnell brachten wir die Leiche hinter das Haus, bald lagen in seinem Bett fünf Kinder, bald waren es zehn, und auf dem Boden rund um das Bett scharten sich weitere zwölf.

Es wurde immer enger im Haus, obwohl wir doch einer weniger geworden waren. Mittlerweile blieb der Sohn auch sonntags im Bett. Statt an unserem Tisch seine Suppe zu löffeln, zeugte er Kinder in unvorstellbaren Mengen. Nach einigen Wochen, das Zimmer des Onkels war voller Kinder, vertrieben sie die Katzen vom Flur und besetzten den Verschlag der Tochter. Wir hörten die Tochter im Flur noch ein paar Tage mit den Fischen sprechen, doch irgendwann verstummte sie. Die Kinder rissen den Vorhang herunter und zerpflückten die Kissen. Mit den Füllungen polsterten sie den Boden neben dem Bett, der Vorhang diente ihnen als Decke, nur den Rest des alten Schals verschmähten sie. Im Verschlag der Tochter wohnten nun zwanzig Kinder, zehn auf dem Bett und weitere zehn auf dem Boden. Bis heute wissen wir nicht, wohin die Tochter gegangen ist.

Es wurde immer enger im Haus, obwohl wir doch einer weniger geworden waren. Aus dem Fenster warfen wir Blicke auf die Gräber von Großmutter und Onkel, über die verängstigt wenige Katzen schlichen. Wir dachten uns das Grab der Tochter hinzu und mussten uns ermahnen, nicht auch das Grab des Sohnes herbeizuwünschen. Nach einigen Wochen, der Verschlag der Tochter war voller Kinder, nahmen sie das Bad in Besitz. Sie zerbrachen die Tür wie wilde Tiere. Ängstlich klammerten wir uns im Bett aneinander und stellten uns die flinken Finger und die forschen Füße vor. In der Badewanne schliefen von nun an acht Kinder, auf dem kalten Metall breiteten sie dicke Frotteehandtücher aus und schmiegten sich in die Ecken der Wanne. Aus dem Spülkasten entfernten sie das Wasser, auch darin konnte fortan ein Kind wohnen. Sie teilten die Medikamente aus dem Arzneischränkchen unter sich auf, fünf Kinder wuchsen dadurch besonders schnell und erkämpften sich die besten Plätze zum Schlafen. Die Kinder hatten nun auch die Katzen fast vollständig vertrieben, nur ab und zu sahen wir noch eine über den Hof huschen.

Inzwischen ist auch die Speisekammer mit zehn Kindern gefüllt, und die Kinder erobern unser Zimmer. Auf dem Fußboden kriechen bereits zwanzig, und in den Ecken unseres Bettes schlafen nachts fünf. Nur Teile des Bettes sind uns noch geblieben. Die Kinder lassen uns nicht aufstehen, nicht essen, nicht schlafen, wir müssen winzige Lakenstücke bewachen. Eine Fingerbewegung reicht, schon haben wir wieder einen Zentimeter verloren. Jeden Moment erwarten wir, dass die Kinder unser Bett einnehmen, dass sie unter unsere Decken kriechen, unsere Kissen zerpflücken, uns aus dem Bett schieben, uns ersticken. Im Flur krabbeln die Kinder schon übereinander, und auch der Hof ist voller Kinder, ein ständiges Kriechen und Weinen. Wenn sie sich alle zusammenschließen, kommen wir nicht gegen sie an, schon lange nicht mehr. Und der Sohn zeugt weiter und weiter, sein heftiges Atmen hören wir laut, und noch lauter hören wir das Stöhnen der heißblütigen Frauen im Winter, die Schreie der kaltblütigen Frauen im Sommer. Wenn sie sich abwechseln im Bett der Großmutter, in der Laube der Großmutter, dann schlägt die Tür im Wind gegen die Laubenwand. Wir wissen, dass der Sohn niemals auf dem Hof umknicken wird.

Draussen nur Kännchen

Die Tische des Gastgartens stehen im Nebel. Auf dem Weg zwischen Küche und Gästen verirre ich mich im Labyrinth der Tische, Gesichter und Winken sehe ich nicht, ich höre nur Stimmen: „Kaffee und Kuchen, zwei Kännchen, drei Teller, und ein kleines Eis." Ich trage Kaffee, Kuchen und Eis auf dem schweren Tablett zu Tisch vier und Tisch fünfzehn, ich achte darauf, nicht zu stolpern, ich serviere, ich lächle, im Nebel suche ich den Weg zurück zur Küche, dort wische ich meine Hände an der schwarzen Schürze ab und binde mir einen neuen Zopf.

Gestern Nachmittag hat das Telefon geklingelt, als ich vom Balkon aus die Straße beobachtete. „Bist du's?", fragte eine kurzatmige Männerstimme, die ich nicht kannte. „Nein, ich bin's nicht", erwiderte ich, „mit wem spreche ich bitte?" Vom Balkon aus sah ich, wie eine einzelne Person die Straße überquerte. „Natürlich bist du's", sagte die Männerstimme, „ich habe deine Nummer in meinem Adressbuch notiert. Willst du etwa sagen, dass ich die falsche Nummer gewählt habe? Letzte Woche hat deine Mutter mich besucht, sie hat gesagt, dass du Sonntagnachmittag meistens zu Hause bist." Die Männerstimme klang alt und kaputt. „Ich habe mich extra rausgeschlichen. Im Heim haben wir nämlich kein Telefon. Eigentlich lassen sie niemanden raus, zumindest nicht am Sonntagnachmittag. Immer gibt es Kaffee und Kuchen, und der Chor der Grundschule kommt, oder ein Akkordeonspieler, das ist mir zu langweilig. Vor einem Monat ist eine Frau abhandengekommen, am Sonntag beim Kaffeetrinken ist sie abgehauen, aber eine halbe Stunde später haben sie sie schon wieder eingefangen. Ich habe es klüger angestellt. Ich will auch nicht abhauen, sondern nur ein paar Minuten mit dir telefonieren. Nachher schleiche ich mich wieder rein, niemand wird merken, dass ich gefehlt habe. Willst du wissen, wie ich mich rausgeschlichen habe?" Die alte Männerstimme kicherte, beim Kichern klang sie jünger. „Sie müssen mich verwechseln", sagte ich in das Kichern hinein. Unbeirrt fragte die alte Männerstimme: „Erinnerst du dich, wie du dich einmal aus dem Haus geschlichen hast, als du bei uns im Urlaub warst?" Als die Person die Straßenmitte erreicht hatte, stolperte sie und fiel hin. Erschrocken atmete ich kurz und heftig ein. „Du erinnerst dich also daran!", rief die alte Männerstimme. „Und weißt du auch noch, wie böse deine Mutter auf dich war und wie ich sie beruhigen musste?"

Der neue Zopf schaukelt so schön, dass die jungen Männer im Gastgarten zuerst auf meinen Zopf aufmerksam werden. „He, Zopf!", hauchen sie mit demütiger Stimme, sie blinzeln mir zu und verlangen fünf Tassen Kaffee. Dann schlagen sie sich gegenseitig auf die Schenkel und lachen. „Draußen nur Kännchen", erkläre ich ihnen. Sie begreifen nicht, was ich meine. Wortlos weise ich auf das Schild am Eingang des Gastgartens, neben den Preisen für Kaffee, Kuchen und Eis steht darauf in Großbuchstaben: DRAUSSEN NUR KÄNNCHEN! Sie zucken ratlos mit den Schultern, als könnten sie die Worte nicht erkennen. Vielleicht ist auch ihnen der Nebel zu dicht.

„Wie geht es dir", hat der alte Mann gestern Nachmittag am Telefon gefragt. „Ganz gut", habe ich nach kurzem

Zögern geantwortet. „Wenn die merken, dass ich mich rausgeschlichen habe“, sagte der alte Mann, „werden die noch besser aufpassen. Dann darf ich dich nie wieder anrufen. Gestern durfte eine alte Frau keinen Besuch empfangen, weil sie die Enten mit dem Brot vom Frühstück gefüttert hat. Sie wollen jetzt die Ausgehregeln noch strenger handhaben. So behandeln die uns hier.“ Die Person lag reglos in der Straßenmitte. Ich fragte mich, ob ich den Rettungsdienst anrufen sollte, aber ich telefonierte schon mit dem alten Mann. „Ich habe zwei Stunden nach meinem Adressbuch suchen müssen, um deine Telefonnummer zu finden“, rief der alte Mann in den Hörer, „ich habe über den Hof rennen müssen, damit mich niemand sieht. Jetzt erzähl endlich, wie es dir geht!“ – „Es geht mir gut, Opa“, sagte ich, „ich bin mit der Ausbildung fast fertig.“ – „Und was ist mit deinem Studium? Du hast doch studiert, welches Fach war das noch gleich?“ – „Ich habe das Studium abgebrochen“, erklärte ich, „dafür habe ich die Ausbildung verkürzt, statt drei Jahren habe ich nur zweieinhalb Jahre gelernt. In einem Monat bin ich Krankenschwester. Mein Ausbildungskrankenhaus hat mir schon eine feste Stelle angeboten.“ – „Das ist ein guter Beruf“, sagte der alte Mann.

Am Rand des Gastgartens rufen zwei alte Frauen. „Frau Kellnerin!“, rufen sie, angeblich winken sie schon seit Stunden nach mir. Ich möchte ihnen erklären, dass ich ihr Winken im Nebel nicht sehen kann, doch ihre entrüsteten Stimmen lassen mich verstummen. Schnell bringe ich ihnen zwei Kännchen Kaffee, dazu zwei kleine Portionen Eis mit Sahne. Als ich den jungen Männern die Kännchen serviere, sehe ich, wie die eine der alten Frauen einen Schluck Kaffee auf ihr Eis schüttet und die andere darüber das Gesicht verzieht. Ich lächle. Die Beschwerden der jungen Männer fallen fast geräuschlos in den Nebel, sie verschwinden in den Schwaden wie Mülltüten in einem Müllschlucker. Ich finde den Weg zurück in die Küche so leicht, als wäre die Luft klar, ich wische meine Hände an der schwarzen Schürze ab und ziehe das Zopfgummi fest an den Kopf.

„Und was ist mit deinem Freund?“, hat der Großvater gestern Nachmittag am Telefon gefragt. „Mit dem hast du dich doch immer so gut verstanden. Weißt du noch, wie die Oma es mochte, vom ihm geneckt zu werden?“ Von ferne sah ich einen Radfahrer kommen. „Ja“, antwortete ich, „ich weiß, das hat der Oma immer gefallen.“ – „Was ist mit ihm?“, fragte der Großvater ungeduldig. „Ihr seid doch noch zusammen, oder?“ – „Es geht uns gut“, sagte ich, „wenn ich die Probezeit im Krankenhaus hinter mir habe, wollen wir über Kinder nachdenken.“ – „Was hat dein Freund noch mal studiert?“, wollte der Großvater wissen. „Medizin.“ Der Radfahrer näherte sich der Person in der Mitte der Straße, rüttelte an ihr, dann wich er zurück. Er holte ein Handy aus seiner Jackentasche. „Ich hatte irgendeine Geisteswissenschaft in Erinnerung“, sagte der Großvater. „Nein“, erwiderte ich, „du irrst dich, es ist Medizin, wir haben uns im Krankenhaus kennen gelernt, bald hat er seine Facharztausbildung hinter sich und bekommt eine feste Stelle, deswegen auch die Kinder, wir haben jetzt das Geld dafür, du wirst Uropa, freust du dich?“

Weil ich meine Hände ständig an der schwarzen Schürze abwischen muss, verlieren sie nach und nach ihre Linien und werden immer glatter. Jetzt entgleitet ihnen das schwere Tablett, Tassen und Teller schlagen scheppernd gegeneinander, Kuchen rutscht auf Eis, ein Kännchen fällt über den Rand des Tabletts zu Boden. Im Fallen dreht es sich wie in Zeitlupe, der Kaffee plätschert langsam aus dem Schnabel, bis das Kännchen klirrend auf der Erde zerschlägt. Ich stelle das Tablett auf einen leeren Tisch, es ist voll umgestürzter Kännchen und Gläser, Kuchenteller und Eisschälchen baden in Pfützen aus Kaffee und Wasser. Fassungslos beobachte ich, wie sich durch den heißen Kaffee der Nebel an einigen Stellen auflöst. Ich sehe dort Eis und Kuchen in großen Mündern verschwinden, ich sehe Nasen sich über mein Missgeschick rümpfen, ich sehe Hände sich heben. Statt zu den Händen zu laufen und nach den Wünschen der Münder zu fragen, hole ich Kehrschaufel und Besen aus der Küche und hocke mich in die Nebelreste. Während ich unter den Tischen das zerschlagene Kännchen zusammenfege, rufen die jungen Männer mich wieder: „Zopf!" Sie beschweren sich, dass an ihrem Kuchen die Sahne fehlt. Ich stelle mir vor, wie ich auf ihren Tellern hässliche Klumpen aus Nebelfetzen forme, die sie widerspruchslos essen. Dann sage ich: „Verzeihung!", wische meine Hände an der schwarzen Schürze ab, trage aus der Küche eine Schüssel mit Sahne herbei und verteile die Sahne auf ihren Tellern. Allmählich lichtet sich im ganzen Gastgarten der Nebel.

„Ich glaube, die Pfleger haben mich gefunden", hat die alte Männerstimme gestern Nachmittag am Telefon plötzlich gesagt, „ich rufe dich nächsten Sonntag wieder an." Aber die Verbindung brach nicht ab. Ich hörte, wie sich die Tür des Telefonhäuschens öffnete, ich hörte, wie die alte Männerstimme sagte: „Ich wollte nur mit meiner Enkelin telefonieren!" Dann hörte ich laute Geräusche, Knarzen, Krachen, mehrmaliges Knallen, wahrscheinlich war der Hörer nach unten gefallen, pendelte jetzt hin und her und schlug dabei gegen die Wand der Telefonzelle. Ich hörte, wie eine junge Männerstimme sagte: „Wir suchen Sie schon überall, Sie dürfen nicht einfach abhauen, gerade heute, wo es Kuchen gibt und der Kindergarten sein Theaterstück aufführt", ich hörte das Lachen einer zweiten jungen Männerstimme, ich hörte wieder die erste junge Männerstimme: „Nun gehen wir zurück, vielleicht ist vom Kuchen noch etwas übrig." Ich hörte, wie sich die Tür des Telefonhäuschens schloss, das schnelle Zufallen, das kurze Innehalten und das endgültige Schnappen des Türschließers, dann war es still. „Opa", flüsterte ich in den Hörer, ich wollte nicht, dass sie ihn zurück in sein Heim brachten, ich wollte ihm weiter vom Leben seiner Enkelin erzählen, von ihrem Freund und ihren Kindern, ich wollte von ihrer Stelle als Krankenschwester reden und davon, wie sie früher als Kellnerin in einem Gastgarten gearbeitet hatte, und ich wollte ihn fragen, wann sie ihn das nächste Mal besuchen könnte. Aber aus dem Hörer war jetzt nur noch ein Tuten zu hören, und plötzlich mischten sich Sirenentöne unter das dumpfe, regelmäßige Geräusch. Ich schaute nach unten, immer noch lag die Person in der Straßenmitte, der Radfahrer neben ihr sah in die Richtung, aus der die Sirenen durch den Sonntagnachmittag gellten. Auf den gegenüberliegenden Balkons tauchten Menschen auf und beugten sich über die Brüstungen, manche liefen hinunter auf die Straße, nach und nach bildete sich um die Person ein Kreis, den die Rettungssanitäter in wenigen Minuten wieder auflösen würden. Ich drückte den roten Knopf des Telefons und verließ den Balkon, ich setzte mich in meinen Sessel und band meine Haare fest zusammen.

Das Tablett, von dem das Kännchen zu Boden gefallen ist, trage ich zurück in die Küche. Man nimmt es mir ab und bittet mich, künftig aufmerksamer zu sein. Ich will mein Missgeschick auf den Nebel schieben, doch als ich aus der Küche zurück in den Gastgarten trete, hat sich der Nebel aufgelöst. Mir winken so viele Hände, als wäre der Gastgarten ein großes Schiff, das jeden Moment nach Amerika ausläuft. Ich bitte darum, einige Minuten in der Küche bleiben zu dürfen, aber man drückt mir ein Tablett in die Hand und schickt mich wieder nach draußen. Mir bleibt nicht einmal Zeit, meine Hände an der schwarzen Schürze abzuwischen. Ich weiß nicht, an welchem Tisch ich zuerst anhalten soll, also laufe ich an den Tischen vorbei, ohne die winkenden Hände zu beachten. „Zopf!", rufen die jungen Männer, „Frau Kellnerin!", rufen die alten Frauen. In der Mitte des Gastgartens halte ich plötzlich inne, kreisförmig umschließen mich die Tische, aus diesem Kreis gibt es kein Entkommen. Jemand hustet in meinen Rücken, ich weiß nicht, ob er erkältet ist oder meine Aufmerksamkeit auf sich ziehen will, er hustet noch einmal, kurz und trocken, es klingt, als wollte er weinen und wüsste nicht wie.

Sittichgrab

Ein letztes müdes Flattern beobachtete das Kind, ehe der Wellensittich mit einem dumpfen Laut auf den Käfigboden fiel. Langsam sanken die Flügel neben den gelbblauen Körper, nur wenige Sekunden hatte der Todeskampf gedauert. Plötzlich war es sehr still.

Das Kind hielt das Insektenspray in der rechten Hand und öffnete die Käfigtür. Erst letzten Monat hatte die Mutter dem Vogel einen Käfig aus Bambusstäben gekauft, der in der weißen Küche wie ein Fremdkörper wirkte. Das Kind entnahm den toten Vogel, es hielt ihn in der linken Hand und gab ihm vorsichtshalber aus der rechten einen weiteren Sprühstoß aus der Spraydose. Der Vogel lag jetzt ruhig und warm in seiner Hand, er zitterte nicht mehr. Ehe es die Käfigtür wieder schloss, holte das Kind eine Kolbenhirse aus dem Käfig und ließ sie gemeinsam mit dem Vogel in seine Hosentasche gleiten. Es stellte das Insektenspray zurück unter die Spüle. Mit den Händen in den Hosentaschen lief das Kind die Treppen hinunter, es drückte den toten Vogel und die Kolbenhirse gegen seinen Oberschenkel, um den Hals trug es den Wohnungsschlüssel. Auf die Straße durfte das Kind nicht gehen, also lief es auf den Hof und scharrte dort eine kleine Grube aus, in die es den toten Vogel zusammen mit der Kolbenhirse legte. Mit seinen Füßen schloss das Kind das Grab und trat die feuchte Erde fest. Es zeichnete ein Kreuz in die Erde. Auf dem Hof wuchsen die Lampionfrüchte hoch.

Das Kind holte den Bambuskäfig hinunter und versuchte, die Stäbe aus ihren Verankerungen zu brechen, aber sie steckten zu fest. Es setzte sich auf den Boden, umklammerte die Stäbe und drückte den Käfig mit den Füßen von sich weg. Als das auch nicht funktionierte, platzierte es den Käfig auf den Asphalt vor der Hoftür. Knackend brach der Käfig auseinander, als das Kind darauf sprang, es verlor das Gleichgewicht und fiel hin. Einmal hatte der Wellensittich das Kind in den Handballen gehackt. Es hatte ein wenig geschmerzt, die Mutter hatte das Kind getröstet und dem Wellensittich mehr zu essen gegeben. Das Kind strich den Schmutz von seinen Händen und zerlegte den Bambuskäfig. Je weniger Teile zusammensteckten, desto einfacher ließ der Käfig sich auseinanderbauen. In einem strahlenförmigen Muster sortierte das Kind die Käfigteile um das Sittichgrab. Manchmal, nach der Schule, hatte das Kind den Wellensittich mit den zerstoßenen Blättern der Lampionfrüchte vergiften wollen. An einem Nachmittag hatte es selbst ein paar Stücke der giftigen Blätter probiert. Genau wie der Vogel hatte es den grünen Brei in feuchten Klumpen wieder ausgespuckt. Erst spät hatte das Kind das Insektenspray unter der Spüle gefunden. Das Kind rutschte auf dem feuchten Boden hin und her, um die Bambusstäbe auf dem ganzen Hof zu verteilen, Erdklumpen sammelten sich an seinem Hintern und an den Knien. Eigentlich war es schon zu kalt, um lange auf dem Hof zu spielen.

Als das Kind alle Käfigteile auf dem Hof ausgebreitet hatte, schaute es sich vom Küchenfenster aus das Bambuskäfigmuster an. Glanzvoll wirkte das Sittichgrab, eingerahmt von den langen Linien der Bambusstäbe. Trotzdem gab es auf dem Hof noch viele freie Flächen, auf denen

Gräber zu fehlen schienen. Das Kind nahm das Insektenspray unter der Spüle hervor. Im Hinterhaus hatte es gelegentlich eine Ratte gesehen, doch die tauchte heute nicht auf. Es zersprühte ein paar Insekten, die es unter Steinen fand, und schob die schwarzen Insektenkörper zu einem kleinen Haufen zusammen. Es baute einen Grabhügel darauf und steckte einen Bambusstab hinein. Manchmal, nach der Schule, hatte das Kind den Wellensittich in der Küche fliegen lassen und dabei das Fenster zum Hof geöffnet. Immer war der Vogel nur gegen die Scheibe des geöffneten Fensters geflogen, nie aus der Küche hinaus. Eine Weile lauerte das Kind ungeduldig mit angelegter Spraydose hinter der Hoftür.

Dann lief es doch auf die Straße. Aufgeregt hüpfte der Schlüssel gegen seinen Bauch. An der nächsten Kreuzung flatterten ein paar grauviolett schillernde Tauben. Das Kind schlich sich langsam an sie heran und versetzte einer mit einer schnellen Bewegung einen direkten Sprühstoß in den Schnabel, zwischen die Augen. Die Taubenschar flog hastig auseinander, während die attackierte Taube entsetzt beiseite sprang, kurz taumelte und sich dann für einen Moment wieder fing. Sie versuchte zu laufen und stolperte dabei über ihre Krallen, sie bewegte sich immer langsamer und wurde eine leichte Beute, aber das Kind hatte plötzlich keine Lust mehr, sie mit einem weiteren Insektensprayst0ß zu töten, und es wollte nicht ein so großes Grab ausscharren.

Das Kind lief die Straße hinunter zum Spielplatz. Dort durfte es nur am Wochenende spielen, wenn seine Mutter dabei war. Auf dem Weg fand es in seiner Hosentasche ein paar Krümel der Kolbenhirse und streute sie auf den Boden. Vielleicht würden ihm Spatzen folgen, die es mit dem Insektenspray betäuben könnte. Manchmal, nach der Schule, hatte das Kind den Kopf des Wellensittichs in die Vogeltränke getaucht. Quiekendes Schütteln des Köpfchens. Manchmal, nach der Schule, hatte das Kind das Vogelfutter aus dem Bambuskäfig genommen. Empörtes Fiepen des Sittichs. Manchmal hatte das Kind sich gegen den Küchenschrank geworfen, sich gegen die Küchenwand geworfen, manchmal hatte das Kind sich gegen die Schrankwand geworfen, sich gegen die Wohnzimmerwand geworfen. Erst spät hatte das Kind das Insektenspray unter der Spüle entdeckt.

Auf den Bänken am Rand des Spielplatzes schaukelten die Mütter fröstelnd ihre Kinderwagen. Eigentlich war es schon zu kalt, um lange auf Bänken zu bleiben. In der Mitte spielten Kinder im Sand, auf Klettergerüsten und Schaukeln. Das Kind huschte an ein paar Sträuchern vorbei hinter eine Bank, es hielt noch immer das Insektenspray in der rechten Hand. Es näherte sich geräuschlos einem Kinderwagen und hob die rechte Hand. Hinter der Mutter, die neben dem Kinderwagen auf der Bank saß, blieb das Kind unsichtbar. Es zögerte. Manchmal, nach der Schule, hatte das Kind mit dem Wellensittich gespielt. Es hatte ihm für ein paar Stunden einen Namen gegeben. Mit erhobener Hand sah das Kind sich den Inhalt des Kinderwagens an. Sein Zeigefinger verharrte auf dem Sprühkopf des Insektensprays. Die Mutter schaukelte sacht den Wagen und beobachtete ein spielendes Mädchen auf dem Klettergerüst.

Das Kind drehte sich um und lief zurück zum Haus. Auf dem Hof richtete es einige Bambusstäbe ordentlich aus. Es war noch so viel Platz für weitere Gräber. Das Kind dachte darüber nach, ein paar Spatzen zu jagen oder die ohnmächtige Taube zu suchen, ihr noch mehr Insektenspray zwischen die Knopfaugen zu sprühen und sie danach zu beerdigen. Es ließ die Hand mit dem Insektenspray sinken, lehnte sich gegen die Hauswand und befühlte den Schlüssel um seinen Hals. Langsam wurde es dunkel, für heute hatte das Kind keine Lust mehr, Gräber auszuheben.

Stadtgeschichte, Dorfgeschichte

„Die Tochter ist am Telefon“, ruft der Mann aus dem Flur. Ich koche gerade, die Stimme des Mannes dringt gedämpft durch die angelehnte Küchentür. Wenn ich koche, kann ich mit der Tochter nicht telefonieren. „Jetzt nicht!“, rufe ich zurück. Es wird langsam dunkel, ich schalte das Licht an. In unser Haus kann man leicht hineinschauen, besonders am Abend, wenn es draußen dämmerig ist und drinnen das Licht brennt, wir haben vor kurzem in allen Zimmern die langen weißen Gardinen durch halblange gelbe Vorhänge ersetzt. Von draußen sieht man mich nun jeden Abend in der Küche beim Kochen, man sieht den Mann mit Besteck und Gläsern in den Händen zwischen Küche und Wohnzimmer hin- und herlaufen, man sieht uns im Wohnzimmer beim Essen, später beim Fernsehen, man sieht uns am Morgen beim Frühstücken und mich tagsüber beim Aufräumen, beim Fegen, beim Wischen, beim Lesen. „Die gelben Vorhänge geben ein wärmeres Licht“, hat der Mann gesagt, „findest du nicht?“ Ich habe ihn am Nachmittag aus seinem Büro in der Stadt abgeholt, er hatte eine Stunde früher Feierabend, wir haben zusammen Vorhangstoff gekauft, wir waren in sechs verschiedenen Läden, bis wir uns entscheiden konnten. Das Gelb hat uns beiden gefallen. In den nächsten Tagen habe ich den gelben Stoff zugeschnitten und umgenäht, und wenn der Mann abends aus dem Büro kam, hat er mich gefragt, ob mir das nicht zu viel wird, Meter um Meter messen, umschlagen, abstecken, nähen, abketten. Als ich die letzte Naht abgekettet hatte, rief die Tochter an. Ich konnte den Hörer nicht abnehmen, weil ich die Vorhänge zusammenfalten musste: Küchenvorhänge, Wohnzimmervorhänge, Schlafzimmervorhänge, Arbeitszimmervorhänge, Ecke auf Ecke, Kante auf Kante. Als alle Vorhänge aufeinander lagen, klingelte das Telefon längst nicht mehr. „Sie richtet Grüße an dich aus", sagt der Mann, er kommt in die Küche. Ich hebe den Topfdeckel an und steche mit einer Gabel in eine Kartoffel. Etwas Schwitzwasser vom Deckel tropft auf die Herdplatte, verdampft zischend und hinterlässt einen weißen Fleck. „Noch ein paar Minuten", sage ich, wende die Schnitzel, rühre Butter unter die Erbsen. Die Fensterscheiben beschlagen, unter den gelben Vorhängen sieht man die winzigen Wassertropfen. „Wenn du willst, kann ich morgen Abend kochen", sagt der Mann. Ich schüttle den Kopf. „Dann räume ich später wenigstens die Küche auf", sagt er. Er nimmt Besteck aus der Schublade, Gläser aus dem Schrank, Getränke von der Anrichte, er deckt den Tisch im Wohnzimmer. Wir verwenden immer noch die bunten Platzdeckchen, die die Tochter vor Jahren im Handarbeitsunterricht bestickt hat, obwohl sie sie inzwischen selbst hässlich findet. „Der Tochter geht es gut", sagt der Mann, „sie hat gestern eine Hausarbeit abgeben müssen. Sie hat sie erst vorgestern beendet, das Thema war schwierig, irgendetwas über den vierten Mai. Keine Ahnung, worum es sich da handelt, ich schlage es später nach. Jetzt wollte sie zu einer Freundin, sie wollen zusammen kochen, Gemüseauflauf, glaube ich." Seine Stimme wird lauter, wenn er ins Wohnzimmer läuft, und leiser, wenn er zurück in die Küche kommt. „Ich verstehe nicht, warum du nicht mehr mit den Kinder telefonierst", sagt er in der Küche mit leiser Stimme, „sie fragen immer nach dir."

Die Tochter wohnt in einer Stadt, in der Sinologie gelehrt wird. Als wir früher noch gemeinsam den langen Ostergottesdienst besuchten, wussten wir von dieser Stadt nichts. Es war kurz vor sechs Uhr am Morgen, wir liefen zur Kirche, die kleine Hand der Tochter in meiner großen, vor uns und hinter uns gingen die alten Frauen aus dem Dorf. Die Tochter trug einen kurzen roten Cordrock und eine weiße Strumpfhose, und schon nach den ersten zwei Schritten stolperte sie, weil die spitzen Lackschuhe ungewohnt für sie waren, sie fiel immer wieder hin, bis der weiße Stoff voller grauer Flecken und kleiner Löcher war, von denen sich Laufmaschen nach oben und nach unten ausbreiteten. Die alten Frauen fanden die Tochter mit der dreckigen Strumpfhose reizend und nahmen es ihr nicht übel, dass sie nach einer halben Stunde vor Langeweile mit ihren Füßen gegen das Holz der Kirchenbank trommelte. „Leise", flüsterte ich der Tochter ins Ohr, und bald schlief sie ein, den Kopf gegen meine Schulter gelehnt, und wurde erst bei der Fürbitte zweieinhalb Stunden später wieder wach. Heute schläft die Tochter jeden Tag bis elf Uhr, statt Strumpfhosen trägt sie Jeans, und sie wohnt in einer Stadt, die fünf Autostunden entfernt ist und in der sie Chinesisch lernt. „Hat sie die Hausarbeit auf Chinesisch geschrieben?", frage ich den Mann, er zuckt mit den Schultern. Ich nenne die Stadt im Stillen Sinologiestadt, es gibt auch eine Informatikstadt und eine Theologiestadt. Die Theologiestadt liegt am nächsten, aber selbst sie suche ich selten auf. „Ich weiß nicht, ob es Computer mit chinesischen Schriftzeichen gibt", sagt der Mann und fügt lachend hinzu: „Stell dir mal die Tastaturen vor, die müssten ja riesig sein." Ich gieße die Kartoffeln ab. Beim Essen denke ich darüber nach, wie wir wohl von draußen aussehen, unter den gelben Vorhängen, mit den Servietten in unserem Schoß, Schnitzel, Erbsen und Kartoffeln auf dem Teller, Messer und Gabel in der Hand. Sicher wirken wir wie ein einsames, kinderloses Ehepaar, dabei haben wir zwanzig Jahre lang zu fünft in diesem Haus gewohnt. Davon ist nichts geblieben als das Telefonklingeln. Ich schiebe die zerdrückten Kartoffeln und die Erbsen auf dem Teller hin und her, die Erbsen bilden zwei Linien und einen Bogen, sie sehen aus wie ein chinesisches Schriftzeichen. Der Mann hat schon lange aufgegessen und beobachtet, wie ich mir die Reste des Schriftzeichens in den Mund schiebe. Er stellt die schmutzigen Teller ineinander und trägt sie in die Küche. Es ist schon dunkel draußen, wahrscheinlich meldet sich jetzt niemand mehr, die Kinder sind am Abend selten zu Hause. Früher habe ich sie nach dem Abendessen manchmal angerufen, und wenn sie den Hörer abnahmen, klangen ihre Stimmen aufgekratzt, sie sagten: „Wir können jetzt nicht mehr telefonieren, Mama, wir müssen jetzt los, wir rufen dich morgen Nachmittag an, dann können wir in Ruhe reden, in Ordnung, Mama?" Oder ich rief sie am Vormittag an, und wenn sie den Hörer abnahmen, klangen ihre Stimmen abgeschlagen, sie sagten: „Wir können jetzt noch nicht telefonieren, Mama, wir sind eben erst aufgestanden, wir rufen dich später am Nachmittag an, dann können wir in Ruhe reden, in Ordnung, Mama?"

Der Mann kommt mit zwei Joghurtbechern in den Händen aus der Küche zurück. „Im Büro habe ich mich heute geärgert", sagt er, zieht die Folie von seinem Becher und legt sie auf das bunte Platzdeckchen, „denn", sagt er, als ich aufhöre zuzuhören. Stattdessen denke ich: Im Haushalt habe ich mich heute geärgert, denn das Telefon klingelte, als ich gerade Pflanzen umtopfte. Ich konnte den Hörer nicht abnehmen. „Es geht mir gut“, hat der Sohn aus der Theologiestadt auf den Anrufbeantworter gesprochen, „mein Seminar ist heute ausgefallen. Den Nachmittag habe ich frei, und am Abend will ich ins Kino. Bis sechs Uhr bin ich noch zu Hause. Wenn du Zeit hast, Mama, kannst du zurückrufen.“ Aus den Resten des gelben Stoffs habe ich Vorhänge für das Zimmer in der Informatikstadt genäht, lange, gelbe Stoffbahnen, länger als die in unserem Haus, und der Sohn hat sich erst bedankt und dann dafür entschuldigt, dass ihm die Vorhänge nicht gefallen, und danach hat er sie seiner Mitbewohnerin gegeben. Der Mann hat gesagt: „Als du so jung warst wie die Kinder heute, wolltest du von deinen Eltern auch keine Gardinen bekommen.“ Doch ich kann es nicht lassen, den Kindern Vorhänge zu schenken, Abwaschschwämme, die wie Enten geformt sind, und Duschgel mit rosafarbenen Perlen. Ich kaufe Abwaschschwämme und Duschgel und packe sie mit Schokolade in Päckchen, die ich an die Sinologiestadt, die Informatikstadt, die Theologiestadt adressiere, und wenn die Kinder am Nachmittag anrufen, kann ich den Hörer nicht abnehmen, weil ich Angst habe, dass die Kinder mich bitten, ihnen keine Pakete mehr zu schicken, weil ich Angst habe, dass sie sagen: „Mama, wir müssen jetzt los“, oder: „Mama, wir haben Besuch“, weil ich Angst habe, dass sie merken, wie sehr ich mir Enkelkinder mit zerrissenen Strumpfhosen wünsche. „Da habe ich natürlich die Tür zugeworfen und mich geärgert“, sagt der Mann. Er kratzt lange mit dem Löffel im Joghurtbecher, und als er ihn aus dem Becher holt, ist nur an einer Löffelseite ein wenig Joghurt.

Wir setzen uns auf die Couch vor den Fernseher, der Mann zieht seine Socken aus und lässt sie auf den Boden fallen. Später wirft er sie in den Wäschekorb, nur manchmal nimmt er sie mit ins Schlafzimmer und trägt sie am nächsten Tag erneut. Die Socken sind in sich zusammengekringelt, ein kleiner Haufen wie die Flusen, die ich aus dem Staubsauger in den Restmüll schütte, grau, dunkel und weich. Ich gehe in die Küche und fülle Erdnüsse in eine Schale. Sie klappern gegen das Porzellan, als wären sie fröhlich. Hinter mir rumpelt leise die Geschirrspülmaschine, das Telefon wird heute ganz sicher nicht mehr klingeln, die Kinder sind jetzt in ihren Städten unterwegs. Ich höre ihre Stimmen nur noch am Ohr des Mannes vorbei, und später höre ich aus seinem Mund die Grüße, die die Kinder mir ausrichten lassen. „Ich habe keine Zeit", hat die Tochter aus der Sinologiestadt gesagt, als der Mann sie fragte, wann sie uns das nächste Mal besucht. Der Mann redet mit den Kindern, als lebten sie nicht in weit entfernten Städten, sondern wären nur im Urlaub und kehrten schon in einer Woche für immer nach Hause zurück. „Ich begreife einfach nicht, warum du nicht mehr mit den Kindern telefonierst", sagt der Mann, er wirft sich ein paar Erdnüsse in den Mund und schaut mich an. An seiner Unterlippe klebt ein Erdnusssplitter. „Sie machen sich Sorgen um dich." Er schaut nicht zurück zum Fernseher oder zu der Schale mit den Erdnüssen, sondern sieht mich weiter an. Dabei reibt er seine nackten Füße gegeneinander, den Spann des rechten Fußes gegen die Sohle des linken, sicher juckt ihn etwas, es ist nicht zu erkennen, welcher Fuß juckt und welcher nur reibt.

Der Hund isst kaltes Fleisch

Die Kinder spielen auf dem Fußweg. Es sind viele, sie spielen laut. Abends stehen sie auf dem Teerbelag der Straße in einem Kreis und trinken Bier. Vielleicht sind das andere als tagsüber. Die Wohnung, aus deren Fenster ich sie beobachte, liegt im ersten Stock. Von hier aus kann ich schauen, ohne dass sie mich bemerken. Der Stuhl steht schon lange neben dem Fenster. Sie spielen, ich sitze. So ist es immer gewesen, so wird es immer sein.

Wenn mir am Fenster kalt wird, gehe ich in die Küche und koche Tee mit heißem Wasser. Man kocht Tee mit heißem Wasser, das man auf dem Herd erwärmt. Manchmal sind die Töpfe verschwunden oder die Teebeutel. Zum Glück war noch nie beides zur selben Zeit weg. Manchmal gibt es heißes Wasser oder kalten Tee. In der Küche sehe ich, dass die Kartoffeln alle sind, ich kann sie schon lange nicht mehr tragen. Früher gab es Kartoffeln, Kartoffeln mit langen braunen Schalen. Ich weiß, dass ich die gelben, mehligen Knollen in meinem Mund zerdrückt habe, Zunge gegen Gaumen. Das muss lange her sein.

Früher hatte ich auch einen Sohn, aber der ist verschwunden. Ich weiß nicht einmal mehr seinen Namen. Neben dem Fenster hängt ein Foto, auf dem bin ich eine Mutter, und mein Sohn neben mir trägt eine Uniform. Vielleicht war er bei der Armee und ist umgekommen in einem der großen Kriege. Früher gab es einen großen Krieg oder zwei. Früher gab es mehr Kinder als heute. Doch wenn ich die Bilder davon hervorrufen möchte, verstecken sie sich. Ich weiß, dass die Bilder irgendwo sein müssen, hinter dem Fenster, unter meinem Stuhl, im Küchenschrank. Ich suche sie und kann sie nicht finden, und dann koche ich Tee mit heißem Wasser und einem Teebeutel, darin ein trockenes, grünes Pulver.

Manchmal kommen Menschen in meine Wohnung. Sie sagen, sie kommen dreimal pro Woche. Ich glaube ihnen nichts, sie kommen viel seltener. Sie bringen Sachen und nehmen andere mit. Sie wollen auch mein Sitzkissen mitnehmen. Wenn ich ihnen erklären möchte, warum sie das nicht dürfen, verstecken sich die Wörter ebenso schnell wie die Bilder von den Kindern, von früher. Dann kann ich nur schreien. Sie sagen etwas zu mir, das ich nicht verstehe. Ich schreie weiter. Schließlich geben sie mir mein Kissen zurück. Mein Kissen liegt auf meinem Stuhl, und ich sitze darauf, während die Kinder auf dem Fußweg spielen, so ist es immer gewesen, so wird es immer sein.

Einmal sind die Menschen sehr zeitig gekommen. Sie haben zugeschaut, wie ich ein Brötchen aus dem Beutel und Marmelade aus dem Schrank genommen habe. Sie haben zugeschaut, wie ich das Brötchen mit Marmelade bestrichen habe. Das Brötchen ist im Beutel, die Marmelade ist im Schrank, noch nie waren Brötchen oder Marmelade verschwunden. Die Menschen haben mich beobachtet, sie haben etwas gesagt. Ich habe nur verstanden: „Undistbaldvielleicht." Sie haben gesagt: „Der Hund isst kaltes Fleisch." Ich wollte antworten, dass sie ihren Hund zu Hause lassen sollen, aber es gab keine Wörter, also habe ich geschrien. Da haben sie nichts mehr gesagt. Die Menschen müssen einen Schlüssel zu meiner Wohnung haben. Sie haben noch nie geklingelt, wenn sie gekommen sind. Ich weiß nicht, wer ihnen den Schlüssel gegeben hat. Ich möchte ihnen sagen, dass sie ihn mir zurückgeben sollen. „Geben Sie her", möchte ich sagen, oder: „Her damit!" Die Wörter verschwinden jedoch zu schnell. Dann setze ich mich ans Fenster und halte mein Kissen fest, und sie tragen Sachen in meine Wohnung herein und aus meiner Wohnung hinaus. Auf dem Fußweg spielen die Kinder, als würden sie niemals schlafen.

Ich schlafe in einem großen Bett, in das zwei Personen hineinpassen würden, es hat zwei Bettdecken und zwei Kopfkissen. Ich glaube, dass ich früher nicht allein darin geschlafen habe. Ich weiß allerdings nicht, wer neben mir gelegen hat. Vielleicht war es eines der Kinder, vielleicht habe ich den Kopf eines Kindes gestreichelt, bis es eingeschlafen ist. Manchmal wünsche ich mir nachts ein Kind neben mich, egal welches, meinetwegen auch eins, das Bier getrunken hat. Es kommt aber keins. Ich weiß nicht, warum ich so viele Teller besitze und so viele Tassen, warum im Wohnzimmer vier, fünf, sechs Personen essen können. Vielleicht hat hier einmal eine Familie mit Kindern gewohnt, ehe sie mich hergebracht haben, ehe sie mir Marmelade in den Schrank gestellt und Brötchen in einem Beutel gesammelt haben. Lieber würde ich ein Brötchen mit Honig essen, doch den haben sie versteckt. Sie verstecken auch die Kartoffeln. Vielleicht wollen sie mich aushungern, damit die alte Frau und der Soldat auf dem Bild neben dem Fenster wieder einziehen können. Die beiden sind selbst schuld, warum sind sie überhaupt erst ausgezogen, wo sie so viele Tassen und Teller hatten, vier, fünf, sechs Plätze im Wohnzimmer und einen Brötchenvorrat, der niemals endet? Die Wohnung gehört nun mir.

Ich habe ein Gerät, mit dem ich hören kann, was in den anderen Wohnungen passiert. Die Menschen haben mir das gezeigt. Ich muss auf einen Knopf drücken, dann höre ich Stimmen, die ich nicht verstehe, weiche Stimmen, leise Stimmen. Niemals höre ich die Stimmen schreien, es ist ein gutes Haus, vor dem die Kinder spielen. Sie haben einen Ball, den sie immer gegen die Hauswand werfen, oder sie setzen sich auf den Boden, lehnen sich gegen die Hauswand und schauen sich Bilder an. Von meinem Fenster aus kann ich die Bilder nicht erkennen, aber ich glaube, dass es schöne Bilder sein müssen. Manchmal höre ich auch Musik aus dem Gerät, Musik mit Geigen und Klarinetten. Ich lege mich auf mein Bett, das zu groß für mich ist, schließe die Augen und schlafe ein. Wenn ich aufwache, ist die Musik vorbei, und ich setze mich wieder ans Fenster, die Kinder haben den Ball und die Bilder gegen Bierdosen getauscht. Ich koche mir Tee mit heißem Wasser und einem Teebeutel in der zweiten Schublade von links, in der zweiten Schublade von links, in der zweiten Schublade von links, ganz vorne in der Mitte, ganz vorne in der Mitte, ganz vorne in der Mitte. In manchen Teebeuteln ist grünes und in anderen gelbes Pulver, aber der Tee schmeckt immer gleich, er schmeckt nicht nach Kartoffeln.

Bevor ich schlafen gehe, schaue ich mir das Bild von meinem verschwundenen Sohn und mir an. Zuletzt sehe ich nach, ob die Menschen den Herd ausgeschaltet haben. Einmal haben sie das vergessen, und am Morgen danach war der Topf so heiß, dass ich ihn nicht mehr berühren konnte. Alle anderen Töpfe waren verschwunden, so dass ich zwei Stunden lang kalten Tee trinken musste. Nach einer Woche sind die Menschen gekommen, haben Sachen gebracht und

Sachen mitgenommen. Ich wollte sie anschreien, ich wollte schreien: „Der heiße Herd! Der heiße Topf!", aber die Wörter haben sich versteckt, wie immer. Die Menschen haben meine Hand mitgenommen, und wenig später haben sie sie zurückgebracht, eingewickelt in einen weißen Verband. Ich habe einen Monat lang trockene Brötchen essen müssen, weil ich die Marmelade nicht streichen konnte. Die Menschen sagen, dass sie den Herd immer ausschalten. Ich glaube ihnen nichts. Lieber sehe ich jeden Abend nach. Dann lege ich mich in mein großes Bett und warte, ob noch ein Kind kommt und sich neben mich legt, egal welches, meinetwegen auch eins, das Bier getrunken hat. Es kommt aber keins. Ich weiß, dass es früher mehr Kinder in meiner Nähe gab, doch wenn ich die Bilder davon hervorrufen möchte, verstecken sie sich.

Manchmal klingelt es an der Tür, es klingelt dreimal. Wenn ich öffne, wartet dort der Soldat. Er will seine Wohnung zurück, all seine Tassen und Teller, sein großes Bett und sein Wohnzimmer mit den vier, fünf, sechs Plätzen. Das darf er nicht, hier steht mein Stuhl. So ist es immer gewesen, so wird es immer sein. Wieso er allein kommt, wieso er seine Mutter nicht mitbringt, können mir nicht einmal die Menschen erklären. Vielleicht ist sie schon gestorben. Ich schließe die Tür, und es klingelt wieder, dreimal, dreimal, dreimal. Ich setze mich an mein Fenster und schaue, wie die Kinder auf dem Fußweg spielen. Ich höre ihren lauten Spielen zu, bis der Soldat nicht mehr klingelt. Dann sehe ich ihn zwischen den Kindern die Straße entlanglaufen, er trägt keine Uniform. Einmal habe ich das Bild mit dem Soldaten und der alten Frau von der Wand genommen und in den Müll gelegt, die Menschen haben es eine Woche später zurück an die Wand gehängt, als Beweis, dass die Wohnung dem Soldaten und seiner Mutter gehört und nicht mir. Die Menschen gehören zu dem Soldaten und der Frau, sie verstecken den Tee und die Töpfe, damit ich die Wohnung bald freiwillig verlasse, sie kaufen keinen Honig und keine Kartoffeln, sie wollen mich aushungern. Aber ich gehe nicht, denn am Fenster steht mein Stuhl mit meinem Kissen. Auf den werde ich mich setzen, an dem werde ich mich festhalten, wenn sie mit dem Hund, der kaltes Fleisch isst, kommen und mich holen.

Das Ansichtskartenafrika

Im Winter versteckten sich vereinzelte Köpfe hinter Zaunpfählen und beobachteten das Haus am Ende der Straße. „Natürlich kommt sie Weihnachten nach Hause", sagte die Mutter über den Zaun, „wir müssen nur noch wenige Wochen warten." Seit dem Sommer schickte die Tochter einmal im Monat eine Ansichtskarte aus Afrika. *Weihnachten sehen wir uns,* las die Mutter auf den Karten. „Ihr Flugzeug startet am vierundzwanzigsten Dezember vormittags in Kisangani", sagte sie zu den anderen aus dem Dorf, die später über den Atlas gebeugt die Köpfe schüttelten.

Wenige Wochen darauf packte die Mutter ein Afrikaansichtskartenbuch aus und brachte die Geschenke für die Tochter zurück in das Kinderzimmer. Sie verstaute das Ansichtskartenbuch in ihrem Nachtschränkchen und zog die Gardinen zu. Der Vater löschte das Licht, als er sicher war, dass es nicht mehr klingeln würde. Am dritten Januar kam das Paket aus Afrika als unzustellbar zurück, die kleine Schrift der Mutter auf dem gelben Aufkleber war durchgestrichen, daneben war keine neue Adresse vermerkt.

Es begann ein Frühling, in dem die Tochter keine Ansichtskarten schickte. Im Apfelbaum zwitscherten die Amseln, dass es ohne Adresse auch keine Tochter mehr gäbe. „Du darfst mit den anderen nicht mehr über die Tochter reden", sagte der Vater zur Mutter und hielt ihr Kinn mit Daumen und Zeigefinger fest, „hörst du?" – „Im Sommer kehrt sie ganz sicher zurück", sagte die Mutter über den

Zaun. Im Sommer klingelte es nicht an der Tür, nicht einmal der Briefkasten klapperte. Immer wieder versammelten sich die anderen aus dem Dorf vor dem Haus am Ende der Straße und fragten nach der Tochter, doch insgeheim gaben sie schon seit dem Frühling den Amseln Recht.

„Natürlich kommt sie Weihnachten nach Hause", sagte die Mutter im Winter über den Zaun, „ich glaube fest an das, was sie schreibt." Seit dem Herbst trafen wieder regelmäßig Ansichtskarten ein, in kleiner Schrift erzählten sie von Afrika und versprachen, dass die Tochter bald käme. Morgens fand der Vater die Ansichtskarten im Briefkasten, aber er las sie nicht. „Du darfst den anderen nicht von den Ansichtskarten erzählen", sagte er. Er verbrachte die Tage draußen auf dem Feld, die Stoppeln dort glichen der gelben Steppe auf den Ansichtskarten. Während der Vater arbeitete, zeigte die Mutter den anderen aus dem Dorf über den Zaun hinweg die Ansichtskarten und las ihnen einzelne Ansichtskartensätze vor. *Immer noch ist es sehr heiß und trocken,* las die Mutter laut, und: *Weihnachten sehen wir uns sicher.* Dann legte sie die Ansichtskarten zurück in das Küchenfenster, so dass sie schon vom Garten aus zu sehen waren.

*

Die anderen aus dem Dorf wollten Erzählungen aus Afrika hören. „Morgen Abend ist er nicht da", sagte die Mutter über den Zaun, „ich zeige euch die Ansichtskarten der letzten zwei Jahre, ihr dürft euch die Bilder ansehen, und ich lese euch die Karten Wort für Wort vor." Sie sortierte im Kopf die Ansichtskarten nach dem Datum ihres Eintreffens. Flüsternd fügte sie hinzu: „Aber erzählt es ihm nicht."

In der Folge, in der ihre Häuser sich an der Dorfstraße reihten, saßen die anderen aus dem Dorf auf dem Ecksofa in der Stube und gaben Ansichtskarten von Hand zu Hand. Wenn sie ein Stück Marzipan genommen hatten, wischten sie ihre Finger an roten Servietten sauber. Nur die Vorderseiten der Ansichtskarten durften sie betrachten. Sobald sie eine Karte umdrehten und die kleine Schrift auf der Rückseite musterten, zischte die Mutter. Die anderen aus dem Dorf schauten Zebras und Steppen an und flüsterten sich gegenseitig Witze ins Ohr. Der Stapel vor der Mutter schrumpfte. „Diese hier war die erste", erklärte sie schließlich und gab ein glänzendes Bild mit dornigen Büschen in die Runde. „Die wachsen doch auch bei uns", sagte eine aus dem Dorf und wies auf die Pflanzen, die auf der Karte abgebildet waren. Alle nickten und lachten. „Nicht solche", verteidigte sich die Mutter, „nicht solche mit so langen Dornen." Sie nahm ein Stück Marzipan und fuhr mit den fettigen Fingern über den Tisch, bis die Tischdecke glatt war. Dann sprach sie davon, dass die Tochter bald zurückkehren würde. „Wann?", fragten die anderen aus dem Dorf. „Bald", sagte die Mutter und strich die Tischdecke glatter.

Gerade hatte sie begonnen, den anderen aus dem Dorf die Rückseiten der Ansichtskarten vorzulesen, da kam der Vater vorzeitig aus der Kneipe zurück. Die anderen aus dem Dorf legten das Marzipan schnell zurück in die Schale. „Was hast du ihnen erzählt?", polterte der Vater. Vor Wut schaltete er das Stubenlicht aus und zog die Gardinen zu. „Damit ihr mal seht, was euch etwas angeht", polterte er. Die anderen aus dem Dorf verließen überstürzt um neun Uhr das Haus, bei jedem Glockenschlag trat ein Paar Füße über die Schwelle nach draußen. Neun Münder lachten auf dem Dorfplatz noch eine halbe Stunde lang über das Ansichtskartenafrika, neun Paar Ohren lauschten der lauten Stimme des Vaters aus dem Innern des Hauses. Dann wurde es zum Lachen und Lauschen zu dunkel, so dunkel wie die Stube, die zeigte, was sie etwas angeht.

*

„Meinst du, sie bringt ihr Kind mit?", fragte die Mutter leise den Vater. „Was für ein Kind, ein Negerkind?", fragte der Vater. „Sie hat davon geschrieben", flüsterte die Mutter, „liest du die Ansichtskarten nicht? Zwei Jahre ist es schon alt." Sie verteilte Lametta auf den Tannenzweigen und fegte die Reste einer zerbrochenen Kugel zusammen, gesplittertes Glas, dünner als das Papier der Ansichtskarten. „Unser Enkelkind", raunte sie. Sie versteckte die Kehrschaufel mit den Glasscherben unter dem Tannenbaum. Später, ehe die Tochter nach Hause käme, wollte sie sie wegräumen. „Es gibt kein Negerkind", sagte der Vater.

Die anderen aus dem Dorf beobachteten, wie der Briefträger eine Ansichtskarte zum Haus am Ende der Straße brachte, dann setzten sie sich zum Essen. Der Mutter war schneller an der Haustür. „Sie schreibt", sagte sie, „dass sie uns frohe Weihnachten wünscht. Sie hat auch dieses Jahr keinen Flug bekommen. Erst im Frühling kehrt sie zurück." Die Savanne auf der Vorderseite der Ansichtskarte glich dem Heuboden im Sommer. „Ich will nicht wissen, was auf den Ansichtskarten zu lesen ist", knurrte der Vater, „und die Briefmarken ..." Schnell knallte die Mutter den Bräter mit der Gans auf den Tisch und verteilte das Essen auf zwei Teller. Den dritten Teller hatte der Vater schon am Nachmittag zurück in den Schrank gestellt. „Schmeckt es?", fragte die Mutter und schob Rotkohl auf ihre Gabel. Der Vater nickte mit vollem Mund und spülte den Kloßbrei mit Bier hinunter. „Gutgut", sagte er. Nach dem Essen legte die Mutter die Ansichtskarte in das Küchenfenster. „Nie darfst du glauben, was sie schreibt", flüsterte der Vater drohend im Bett und drehte sich auf die Seite. Die Mutter zog die Gardinen zu und legte sich neben den Vater. „Du hast mir dieses Jahr wieder kein Ansichtskartenbuch geschenkt", klagte sie und öffnete die Schublade des Nachtschränkchens. Im alten Ansichtskartenbuch verblieben nur wenige Seiten, sie würden höchstens für ein Jahr ausreichen. Der Vater löschte das kleine Licht auf dem Nachttisch. „Und niemals darfst du den anderen aus dem Dorf die Ansichtskarten vorlesen", sagte er laut, während die Mutter noch rechnete.

*

„Wir wollen sie endlich wiedersehen", forderten die anderen aus dem Dorf, „sie und ihr Negerkind!" Sie hielten vor dem Zaun des Hauses am Ende der Straße, die Einkaufsnetze mit Dosenpilzen und Brühfleisch hatten sie an die Lenker ihrer Fahrräder gehängt. „In Afrika sterben die meisten Kinder bei der Geburt, haben wir gehört", sagten sie, während sie auf ihre Fahrräder stiegen. Schon wieder hatten sie in der Kaufhalle etwas vergessen. „Bringt sie den Negervater auch mit?", erkundigten sie sich. „Schenkst du uns eine Locke aus seinem Haar?", flüsterten sie. „Haben nicht alle afrikanischen Männer diese tödliche Krankheit?", fragten sie. „Weihnachten kehrt sie sicher zurück?", vergewisserten sie sich. Die Mutter nickte. „Ich glaube fest an das, was sie schreibt", sagte sie über den Zaun. Auswendig sagte sie Sätze von den Ansichtskarten auf: *Wilde Steppenzebras umtanzten mein Zelt* und: *Im letzten Moment konnte ich mich im Auto vor dem Löwenrudel in Sicherheit bringen.* Später liefen die anderen aus dem Dorf die Dorfstraße entlang und lachten sich die Gesichter breit.

Als der Vater vom Feld zurückkehrte, kamen die anderen aus dem Dorf ihm mit gefüllten Einkaufsnetzen entgegen. „Worüber hast du schon wieder mit ihnen geredet?“, wollte er von der Mutter wissen, die mit der Rosenschere in der Hand am Gartenzaun stand. „Du redest doch nicht von der Tochter?“ Er schwankte heftig und packte die Mutter am Oberarm, als müsste er sich halten. „Immerzu fragen sie nach dem Negerkind!“, klagte die Mutter und schlug die Hände vors Gesicht. „Sie sagen, dass alle afrikanischen Kinder sterben!“ Der Vater drohte der Straße mit der Faust. „Wenn du auch immer mit ihnen sprichst“, sagte er dann zur Mutter und lief ins Haus. „Nächste Woche kommt sicher wieder eine Ansichtskarte“, flüsterte sie. Sie ging hinter dem Vater ins Haus und zog die Gardinen zu.

*

Im Winter verstecken sich vereinzelte Köpfe hinter Zaunpfählen und beobachten kichernd das Haus am Ende der Straße. Die Amseln zwitschern laut, und der Briefkasten klappert, wenn Ansichtskarten eintreffen. Die Wüste auf den Ansichtskarten gleicht den Schneeverwehungen auf dem Feld. Immer im goldenen Schnitt laufen Antilopen und Löwen durch die Landschaft, und im Hintergrund stechen sich Neger Stricknadeln durch die Lippen und verlängern ihre Hälse mit Ringen. Der Ansichtskartenstapel im Küchenfenster wächst. Die Ansichtskarten erzählen Geschichten von Überfällen und Kindern, sie enthalten Sätze wie: *Weihnachten sehen wir uns sicher* und: *Alle Flüge nach Europa wurden gestrichen.* „Ich glaube fest an das, was sie schreibt“, sagt die Mutter über den Zaun, aber sie sagt den anderen aus dem Dorf keine Ansichtskartensätze mehr auf, nur einen, ihren Lieblingssatz: *Heute hat die Post ein Paket von euch gebracht, in dem ich Kekse und einen wunderschönen warmen Anorak gefunden habe.* Die anderen aus dem Dorf sind müde, diesen Satz zu hören, er ist sieben Jahre alt, fast drei Jahre älter als das Negerkind.

Zum ersten Mal hat die Mutter keine komplette Weihnachtsgans gebraten, sie hat nur Gänseklein in den Bräter gegeben und mit Hühnerbrühe aus dem Glas aufgefüllt. Auf dem Küchentisch ist nun mehr Platz für Bier. Nach dem Essen zieht die Mutter die Gardinen zu, der Vater löscht das Licht. „Nächstes Jahr brätst du wieder eine komplette Gans“, verlangt er vor dem Einschlafen, „satt bin ich nicht geworden.“

Eines Tages bleibt der Vater auf dem Feld. Als die anderen aus dem Dorf ihn in den Stoppeln finden, bringen sie ihn ins Krankenhaus. „Ich kann ihn in der Stadt nicht besuchen“, sagt die Mutter über den Zaun, „jeden Tag kommt die Tochter nach Hause, sie hat es gestern geschrieben. Wenn sie ein leeres Haus vorfindet, reist sie sofort wieder ab.“ Ende Januar stirbt der Vater, und zwei Tage später kehrt die Tochter aus Afrika zurück. Sie sitzt mit der Mutter in der Stube am Tisch und isst das übrig gebliebene Marzipan, das Negerkind lernt in der Küche, wie man Gänsebraten und Klöße bereitet, und der Negervater verschneidet die Wassertriebe des Apfelbaums und winkt dabei den anderen aus dem Dorf mit seiner großen dunklen Hand zu. „Ich habe immer an das geglaubt, was sie geschrieben hat“, sagt die Mutter über den Zaun zu den anderen aus dem Dorf und weist auf das Haus. Sie schaut sich um, ob der Negervater, die Tochter und das Negerkind in der Küche mit dem Essen auf sie warten, doch im Küchenfenster sind nur die Ansichtskarten der letzten Jahre zu sehen. Von weitem können die anderen aus dem Dorf das Motiv der ersten Ansichtskarte erahnen, den Busch mit den langen Dornen.

Ein Konzept, das uns zusagt

Die Großmutter wohnt wunderbar, wir besuchen sie mit Blumen und Kuchen. Seit kurzem hat die Großmutter eine eigene Wohnung, die Wohnung ist teuer und gut. Wir zahlen die Wohnung gern. Die Großmutter muss die Tür nicht öffnen, wir haben einen eigenen Schlüssel. Wir stellen den Kuchen in die Küche und legen die Blumen auf den Esstisch, das Kind fegt durch die Wohnung. Aus dem Urlaub haben wir eine Vase aus buntem Glas mitgebracht, auch wenn wir wissen, dass die Großmutter sich nicht bedanken wird. In der neuen Vase wirken die Blumen besonders frisch.

Eine Schwester wäscht die Großmutter zweimal am Tag. Nicht einmal wir waschen uns zweimal täglich, doch die Großmutter wird zweimal am Tag gewaschen. Sauber sitzt sie in ihrem neuen Rollstuhl in der Mitte des Wohnschlafzimmers. Wir haben nie gewollt, dass ihre Beine von einer großkarierten Decke gewärmt werden, aber nun ist es so. Von ihrem Platz aus kann sie nur den Himmel und das Dach des gegenüberliegenden Blocks sehen. „Warum setzt du dich nicht näher ans Fenster?“, fragen wir sie. „Dann kannst du den Dicken von gegenüber besser beobachten.“ Seitdem wir die Wohnung betreten haben, schweigt die Großmutter. Dass wir sie in den letzten drei Wochen nicht besucht haben, scheint sie gar nicht bemerkt zu haben. Früher hat sie geschimpft, wenn wir auch nur ein Wochenende fehlten. Heute schaut sie lediglich aus dem Fenster auf das gegenüberliegende Dach. Vier Blöcke mit guten Wohnungen umschließen einen Innenhof. Die Wiese hat man erst neu angelegt, das Gras ist noch kurz und wächst unregelmäßig. An der Seite stehen Bänke, auf denen sich ein paar Alte ausruhen, sie schauen auf den Boden oder in die Luft vor sich. Nur wenige Alte gehen im Innenhof spazieren, dabei hat man für sie geschwungene Wege gestreut. Das Kind springt ins Wohnschlafzimmer. „Woistdiekatze", will es wissen. Es versucht, erst mit heftigem Streicheln, dann mit kleinen Knüffen die Aufmerksamkeit der Großmutter auf sich zu lenken. Im Urlaub hat es seine Kuscheltiere und die Spielsteine des Mensch-ärgere-dich-nicht nach der Großmutter und der Katze benannt, so sehr hat es die beiden vermisst. „Wo ist die Katze?", fragen auch wir die Großmutter. Die Großmutter sieht weder uns noch die Blumen in der bunten Vase an. Nicht einmal den Kuchen beachtet sie, dabei ist Essen doch überhaupt das einzige, was sie noch kann.

Es ist ein Konzept, das uns zusagt. Nicht nur das Gras und die Bänke sagen uns zu, nicht nur der quadratische Innenhof und die resolute Art der Schwestern. Es gefällt uns auch, dass die alten Menschen gemeinsam mit ihren alten Möbeln in die guten Wohnungen ziehen durften. Manche von ihnen merken so nicht einmal, dass sie in einer neuen Umgebung leben. Beim Umzug der Großmutter ist ein Wandteller verschwunden. „Woistderteller", fragte die Großmutter am ersten Abend in der Wohnung immer wieder. Nachdem wir gegangen waren, drückte die Großmutter ständig die Notfallklingel, hat uns die Schwester eben auf dem Gang erzählt. Dabei waren wir uns sicher, dass die Großmutter die Sache mit der Klingel gar nicht begreifen würde. Vielleicht hat die Großmutter auch geklingelt, weil sie in der guten

Wohnung nachts Windeln tragen muss. Das Risiko ist der Schwester zu groß: Sie müsste die Betten einer ganzen Etage wechseln. „Sie mussten früher nur ein Bettzeug waschen", erklärte sie uns. „Nur ein Bettzeug", bestätigten wir, „aber das fast jeden Morgen", und wir lachten. Inzwischen hat die Großmutter den Wandteller sicher vergessen.

„Woistdiekatze", ruft das Kind unaufhörlich. Auch wir würden gern wissen, wo die Katze sich aufhält. Sonst kommt sie immer aus der Küche oder dem Wohnschlafzimmer in den Flur stolziert, schnuppert an unseren Taschen und hinterlässt auf unseren Schuhen feuchte Flecken, indem sie über das Leder leckt. Ihre Futterschalen in der Küche sind leer, sie hat das Wasser getrunken und gut gefressen, sehen wir. Auf dem Hof sind jetzt weniger Alte. Wer kann, isst um diese Zeit mit seinen Verwandten Kuchen. Wir decken den Tisch, das Kind will uns dabei nicht helfen, es sorgt sich um die Katze. Es hockt sich zwischen die Beine der Großmutter und hält durch die Räder des Rollstuhls nach der Katze Ausschau, mit seinen Fingern formt es dabei kleine Ferngläser. „Woistdiekatze", ruft es, „woistdiekatze." Es ist schon fast ein Spiel für das Kind, zum ersten Mal darf es in der neuen Wohnung der Großmutter richtig toben. „Streuselkuchen", schreit es dann und springt auf den Schoß der Großmutter. Die Großmutter erschrickt und lacht, sie hält das Kind fest und streichelt ihm über die Innenseiten der Unterarme. Wir schelten das Kind und heben es wieder herunter. Dafür ist die Großmutter zu alt. „Musst du auf die Toilette?", fragen wir sie. Sie schüttelt den Kopf. „Wir gehen vor dem Essen auf die Toilette", sagen wir. Wir schieben die Großmutter ins Bad und heben sie auf den Toilettensitz. Dort versorgen wir sie und putzen sie sauber, noch immer schüttelt sie den

Kopf, aber es ist so besser für sie. Das Kind hoppelt währenddessen über den Boden des Wohnschlafzimmers und macht sich ganz flach, um unter das Bett der Großmutter zu kriechen.

Beim Umzug wollten wir die Katze nicht von der Großmutter trennen. Wir haben der Schwester Geld angeboten, doch sie wollte die Katze nicht füttern, nicht einmal, als wir sie auf unseren Urlaub hinwiesen. „Wissen Sie", sagte die Schwester, „mit einem Schlag ziehen fast hundert Leute in jeden Block. Da können wir nicht noch Katzen füttern." Während wir die Großmutter wieder anziehen, das Unterhemd nach unten, die Unterhose nach oben, den Pullover nach unten, die Hose nach oben, schreit plötzlich das Kind. „Hieristsie!", schreit es. „Hieristsie!" Es hockt im Flur zwischen unseren Schuhen und unseren Taschen. „Kommraus", lockt es die Katze. Sie scheint unter dem Garderobenschrank zu sitzen. Irgendetwas muss sie ängstigen, sicher das laute Kind. Wir schieben die Großmutter zurück in das Wohnschlafzimmer. Mit dem neuen Rollstuhl bleiben wir an einer Teppichkante hängen, der Teppich muss bei Gelegenheit weg. Wir manövrieren den Rollstuhl hin und her, bis sich der Teppich zwischen seinen Rädern so verkeilt hat, dass wir den Rollstuhl anheben müssen. Die Großmutter lacht und sagt: „Wasmachtihrdennmitmir", sie hält sich an den Armlehnen fest. Als der Rollstuhl mit der Großmutter endlich am Esstisch steht, schauen wir nach der Katze. Nachdem wir die schwere Großmutter anheben mussten, haben wir Mühe, uns zu bücken, dabei hat sich auch unser Rücken drei lange Wochen erholen können. Wir hocken uns hin und stützen uns auf dem Boden ab. Die Katze liegt schwarz und reglos unter dem Schrank. „Komm raus", locken wir sie. Die Katze bewegt sich nicht. Wir stochern mit einem Regenschirm. „Ihrtutihrweh“, schimpft das Kind. Wir schieben die steife Katze mit dem Schirm unter dem Schrank hervor. Ihre Krallen verhaken sich im Teppich, wir müssen sie wieder ein Stück nach hinten drücken, ehe wir sie aus ihrem Versteck endgültig bergen können. Das Kind will die Katze streicheln. Es erschrickt, als es den kalten, steifen Körper berührt. Wir setzen uns im Wohnschlafzimmer zur Großmutter an den Tisch, der Kuchen wartet schon auf unseren Tellern, aber wir essen nicht. „Wann hast du der Katze zuletzt Futter gegeben?“, fragen wir die Großmutter. „Welcher Katze?“, fragt die Großmutter zurück. Sie hat die Streusel vom Kuchen gepult und schmiert jetzt die Füllung auf dem Teller breit. Dann beginnt sie zu weinen.

Der Garten mit den Regenwasserseen

„Das einzige, was wir noch brauchen, ist ein kleiner Garten“, sagt ein Mann, er sitzt am Tisch in der Küche, über dem Tisch ein Bord mit Gewürzen, Salz, Pfeffer, Kümmel und so weiter, an den Wänden Fotografien, Aufnahmen von Landschaften mit Zweigen im Vordergrund, Aufnahmen von Menschen mit den grauen Tüchern eines Fotostudios im Hintergrund. Den Tisch bedeckt eine helle Stofftischdecke, und auf der anderen Seite des Tisches sitzt eine Frau. Die Frau sagt: „Ein kleiner Garten wäre schön. Auch die Kinder würden sich einen kleinen Garten wünschen, mit Pflaumenbäumen und einer Schaukel.“ Der Mann nickt. „Wenn wir Kinder hätten, würden sie sich bestimmt freuen“, sagt er und fährt fort: „Vielleicht möchtest du Tomaten und Gurken züchten, daraus bereiten wir einen Tomatengurkensalat.“ Die Frau sagt: „Und Zwiebeln.“ Der Mann schlurft in den Flur. Er nimmt einen Zettel mit einer Telefonnummer aus der obersten Schublade des Telefonschränkchens und wählt. „Spreche ich mit der Kleingartenkolonie Neu-Brasilien?“, fragt er. Die Kleingartenkolonie Neu-Brasilien liegt am Rand der Stadt. Sie ist eine der besten Kleingartenkolonien im Umkreis. Man erreicht sie mit der Straßenbahn, und gleichzeitig verfügt sie über genügend Parkplätze. Die neu-brasilianische Vereinsordnung ist durchschnittlich: Das Gras darf wachsen, wie es will. Das Unkraut muss erst herausgezupft werden, wenn seine Samen in fremde Gärten wehen. Äste sind zu entfernen, sobald sie mehr als einen Meter über die Zäune ragen. Die Parzellen von Neu-Brasilien aber sind nicht durchschnittlich, sondern verwinkelt und abwechslungsreich: Kein Garten ist geschnitten wie der nächste, keine rechte hintere Gartenecke ähnelt einer zweiten rechten hinteren Gartenecke. Dort wachsen Gras oder Efeu, mal Erdbeeren, mal Aronstab. Während der Mann mit Neu-Brasilien telefoniert, läuft die Frau in der Wohnung hin und her. Der Mann verscheucht sie mit einer Handbewegung, zu laut öffnet sie Türen und Kästen, zu laut auch ihre Schritte über den Flur. Doch schon hat die Frau die Gartenutensilien auf dem Küchentisch versammelt. Nur noch der Reiseführer über Brasilien fehlt, leise nimmt sie ihn aus der Schrankwand und verstaut dann alles im Stoffbeutel: zuunterst Blumenerde, darauf Tomaten-, Gurken- und Zwiebelpflanzen, den Reiseführer steckt sie an die Seite. Der Mann beendet das Telefonat und nickt der Frau zu. Sie laufen zur Haltestelle, in der Straßenbahn setzen sie sich auf zwei getrennte Plätze, der Mann mit dem Rücken zur Frau. „Die Kinder würden sich wirklich freuen", sagt die Frau nach der Hälfte des Weges. Ohne auf die Worte der Frau zu hören, schaut der Mann aus dem Fenster. Schließlich hält die Straßenbahn direkt vor einem Schild mit der Aufschrift KLEINGARTENKOLONIE NEU-BRASILIEN e.V. Es ist Vorsaison, nur wenige Kleingärtner sind in ihren Gärten, doch Frühlingskrokusse sind zu erkennen, Schneeglöckchen, Buschwindröschen und Veilchen. Und dort: eine Kolonie Winterlinge! Unter dem Schild wartet der Kleingartenverwalter, er hält einen Schlüsselring mit zwei Schlüsseln in der Hand, auf einem der Schlüssel klebt ein braunes Heftpflaster mit der Nummer 170-3R4R. Der Kleingartenverwalter hat ein Klemmbrett unter dem Arm, unter der Halterung steckt ein gelber Zettel, auf dem der Mann nach einem kurzen Gespräch dreimal unterschreibt. Dann erklärt der Kleingartenverwalter mit knappen Worten den Weg: den dritten Abzweig nach rechts nehmen, dann den vierten Garten auf der rechten Seite betreten, den Garten mit der Nummer 170. Ein Schotterweg führt hinein nach Neu-Brasilien, rechts und links Gärten. Mann und Frau gehen den Schotterweg entlang, sie laufen nah nebeneinander, ohne sich zu berühren. Der Körper der Frau neigt sich vom Körper des Mannes weg, als würde das Gewicht des Beutels mit der Blumenerde, den Pflanzen und dem Reiseführer sie bald zu Boden ziehen. In unregelmäßigen Abständen führen schmale Wege in neubrasilianische Dörfer. Mann und Frau zählen die Wege, biegen rechts ab, zählen die Gärten. Der Mann dreht den Schlüssel im Schloss des Gartentors hin und her, ohne dass die Tür sich öffnen würde, er hockt sich hin, um das Schloss zu untersuchen. „Das wäre etwas für die Kinder, ein Land ganz ohne Ampeln und Autos", sagt die Frau. Sie sieht über den Mann hinweg in die Ferne, in die Dörfer und die kleineren Städte von Neu-Brasilien, bis zu den Landesgrenzen, hinter denen später die Sonne untergehen wird. „Wir haben aber keine Kinder", sagt der Mann, ohne den Blick von dem störrischen Schloss abzuwenden. „Das macht ja nichts", sagt die Frau, „trotzdem würden sie sich freuen." Endlich springt das Gartentor auf. Im Garten zwei Bäume, drei Sträucher, ein kleines Loch dort, wo früher vielleicht ein Goldfischteich war, harter Boden mit Rissen, die sich mit Wasser gefüllt haben, vertrocknetes Gras wie ein alter, brauner Teppich, Pflanzenstümpfe. Im Innern der Laube, gleich neben der Tür, hängt eine weiße Plastikhakenleiste, daran ein weiterer

Schlüssel, sicher für den Abort. Die Laube ist nahezu leer und wirkt dennoch unordentlich. Zwei alte Stühle auf dem grauen Asphaltboden, einer steht, einer liegt auf Lehne und Sitzfläche, seine Beine ragen in die Luft. In einer Ecke ein Stück Gartenschlauch, trocken und mit eingerissenen Enden, in einer anderen ein Elektrokocher mit zwei verrosteten Platten, darauf ein zerbeulter Aluminiumtopf mit verschmorten Plastikgriffen. Durch das Dach hat es hineingeregnet, auf dem Boden stehen zwei Eimer und ein paar tiefe Teller, gefüllt mit Wasserlachen, kleinen Regenwasserseen. Der Mann weicht den Eimern und Tellern aus und trägt einen Stuhl nach draußen, er setzt sich darauf. Die Frau lehnt den Stoffbeutel an die Laubenwand und gibt dem Mann den Brasilienreiseführer. Ein paar Meter von ihm entfernt, neben dem Loch, in dem früher vielleicht Goldfische schwammen, beginnt sie, Blumenerde auszustreuen. Vom Gewicht der Erde wird sie auf die Knie gezwungen. Kniend steckt sie Zwiebel-, Tomaten- und Gurkenpflanzen in die Erde. Sie drückt die Pflanzen fest und schichtet Erde um sie auf, damit sie nicht umkippen, damit sie gut und schnell wachsen, bald in der Schüssel für den Tomatengurkensalat landen und mit Salz, Pfeffer, Kümmel und so weiter gewürzt werden können. Dann holt die Frau das Stück Gartenschlauch aus der Laube und hält es wie eine Gießkanne über die Pflanzen, sie schüttelt es leicht, aber es tropft kein Wasser heraus. „Leg nicht überall Beete an, die Kinder brauchen noch Platz zum Spielen, du weißt doch, wie wild sie sein können“, sagt der Mann. Er liest im Brasilienreiseführer das Kapitel über Natur und Umwelt, dann blättert er zu den Klimatabellen.

Der Whiskyflaschenbaum

Der Whiskyflaschenbaum ist dieses Jahr sehr gut gewachsen. Vor fünfundzwanzig Jahren haben wir ihn gepflanzt. Wir vergruben eine Whiskyflasche in der harten Februarerde. Ich war noch ein Kind; die Mutter musste mir verbieten, die ausgegrabene Erde in den Mund zu stecken oder in die Hosentaschen zu stopfen. Ich stopfte; niemand merkte, dass am Ende Erde fehlte. In meinem Zimmer legte ich damit ein Beet an, doch es wuchsen keine Pflanzen daraus. Der Baum im Garten aber begann, sehr gut zu wachsen. Er wuchs schneller als erwartet, schon im Sommer konnte der Vater zum ersten Mal ernten. Die Mutter erntet wenig, erntet nie. Und ich bin lange zu klein gewesen, um die Äste des Baumes zu erreichen. Heute bin ich groß genug, aber ich scheue. Lächerlich findet es der Vater, wie ich scheue. Ich scheue vor dem Vater und dem Baum. Und ich scheue vor der verdorrten Wiese um den Baum. Dort habe ich als Kind nie gespielt. Es stehen keine Sonnenstühle unter dem Baum. Es ist kein Baum, der Schatten spenden würde.

Mit den Jahren ist der Baum sehr gut gewachsen, Sommer und Winter konnten ihm nichts anhaben. Selten gab es Monate, in denen der Baum nicht wuchs, aber oft gab es Zeiten, in denen ich den Baum nicht gießen durfte. Die Mutter in der Küche sagte, ich solle den Baum nicht gießen. „Junge, gieß den Baum nicht“, sagte die Mutter. Ich goss den Baum. „Gieß den Baum nicht“, sagte die Mutter, sie sagte es zweimal, dreimal am Tag, jeden Tag, jede Stunde sagte sie es und wusch die Gläser und Teller und sah durch das Küchenfenster in den Garten. Sie trug ihre lilafarbene Kittelschürze, und der Vater saß unter dem Baum und verabscheute sie. „Ich verabscheue ihre Kittelschürze!", rief der Vater mir durch den Garten zu. „Ich verabscheue deine Kittelschürze!", schrie er aus dem Garten in die Küche. Und ich goss den Baum, ich goss ihn zweimal, dreimal am Tag, jeden Tag, jede Stunde goss ich ihn. Ich goss ihn mit der grünen Gießkanne, mit der roten, mit beiden Gießkannen voller Wasser aus der Regentonne goss ich ihn; ich goss den Baum und pinkelte gegen ihn, weil das auch helfen sollte, hatte ich gehört, bei der Mutter in der Küche trank ich Wasser, so viel ich konnte, und dann lief ich in den Garten und pinkelte gegen den Baum, und ich trug aus meinem Zimmer die Erde, aus der die Pflanzen nicht wuchsen, in den Garten und verteilte sie auf der verdorrten Wiese um den Baum, ich strich sie sorgfältig glatt, damit die Wiese und der Baum besser wuchsen. Die Wiese wuchs nicht, doch der Baum wuchs sehr gut.

Und niemals spielte ich unter dem Baum auf der verdorrten Wiese, immer nur daneben, hinter dem Haus bei der Regentonne. Aber einmal rollte mir der blaue Ball versehentlich unter den Baum. In diesem Moment rief die Mutter zum Abendessen. Der Ball lag blau auf der verdorrten Wiese. Schnell aß ich in der Küche ein Salamibrot und lief zurück in den Garten. Der Baum hatte während des Essens den Ball verschluckt, er verdaute den blauen Ball und spuckte ihn in kleinen Dreiecken auf die verdorrte Wiese. Die Mutter schenkte mir keinen neuen Ball, weil ich den Baum gegossen und gegen ihn gepinkelt hatte. Der Vater schenkte mir keinen neuen Ball, weil er den ganzen Tag unter dem Baum saß und mich beim Gießen beobachtete. Ich spielte nicht mehr mit dem blauen Ball.

Es waren lange Sommer, in denen ich den Baum nicht gießen durfte und ihn goss, und lange Winter waren es, und das Wasser gefror über der kargen Wiese um den Baum; und ich lief mit dem Ranzen auf dem Rücken zur Schule und rutschte auf dem vereisten Gehsteig aus; und in der Schule dachte ich an den Baum, der wachsen musste; und die Farblehre im Zeichenunterricht verpasste ich wegen des Baumes und der zugefrorenen Wiese, und ich verpasste sie auch, weil ich müde war vom Gießen. Der Baum musste wachsen. Und er wuchs gut.

Es gab auch Zeiten, in denen ich den Baum gießen musste. „Junge, gieß den Baum", sagte die Mutter, und ich goss den Baum. „Gieß den Baum mehr", sagte die Mutter, und ich goss den Baum mehr. In ihrer rosafarbenen Kittelschürze schickte die Mutter mich Gießkanne um Gießkanne von der Regentonne zum Baum und zurück zur Regentonne; ich schleppte das Wasser in der grünen Gießkanne, in der roten, gleichzeitig in beiden Gießkannen schleppte ich das Wasser; „gieß den Baum", rief die Mutter und trieb mich zur Eile, indem sie mit den Fingerknöcheln gegen das Küchenfenster pochte; und der Vater saß unter dem Baum und warf mit den blauen Plastikstücken nach mir. Ihm gefiel die Kittelschürze der Mutter. „Deine Kittelschürze gefällt mir", rief der Vater; und die Mutter winkte ihm durch das Küchenfenster zu; gemeinsam lachten sie, wenn mich beim Gießen ein blaues Plastikstück am Kopf traf und ich zusammenzuckte und versehentlich Wasser über meine Hose oder meine Schuhe schüttete. Nachts sammelte ich die blauen Plastikstücke, die außerhalb der verdorrten Wiese lagen, ich verwahrte sie in einem Pappkarton in meinem Zimmer und formte mit den Jahren einen neuen Ball daraus. Bis heute reichen sie nicht für einen ganzen Ball, sie bilden nur eine löcherige Halbkugel.

In den Zeiten, in denen ich den Baum gießen musste, trug die Mutter Strohhalme und Korken in den Taschen ihrer Kittelschürze; in diesen Zeiten schnitzte die Mutter nachts in der Küche und hatte tagsüber ausgebeulte Kittelschürzentaschen. Sie schnitzte dem Vater Korken mit Mustern aus Vogelfedern und Gänseblümchen, und die Strohhalme verzierte sie mit winzigen Ornamenten. Und der Vater saß unter dem Baum und schlürfte durch Strohhalme; und die Mutter in der Küche rief, dass ich den Baum gießen sollte, und klebte sich Pflaster über kleine Schnitte, die sie sich nachts beim Schnitzen zugezogen hatte; und ich goss den Baum, und ich verschnitt seine Triebe und schnitt ihm eine neue Krone, die schöner geformt war als die alte und der Mutter besser gefiel. Und der Baum wuchs sehr gut.

In diesem Jahr ist der Whiskyflaschenbaum besonders gut gewachsen. Längst ist er groß, aber noch immer gieße ich den Baum. Es ist ein Sommer, in dem die Mutter sagt, dass ich den Baum nicht gießen soll. „Junge, gieß den Baum nicht“, sagt die Mutter, und ich gieße. Ich gieße, weil der Vater unter dem Baum sitzt und fleht. Der Vater fleht und findet mich gleichzeitig lächerlich, weil ich scheue. „Scheu doch nicht“, sagt der Vater, „oder bist du kein Mann“, sagt der Vater. Ich gieße den Baum mit der grünen Gießkanne, mit der roten, mit beiden Gießkannen gieße ich ihn, und beide haben schon Löcher. Ich renne durch den Garten, von der Regentonne renne ich zum Baum, starke Muskeln habe ich, doch wenn die Gießkannen Löcher haben, helfen auch die Muskeln nichts; ich verliere die Hälfte des Wassers schon auf dem Weg, aber ich gieße. Die Mutter steht in der beigefarbenen Kittelschürze in der Küche und wäscht die Gläser und Tassen und spült die Strohhalme aus. Der Schimmel in den Strohhalmen lässt sich nicht mehr entfernen, so schmale Abwaschbürsten gibt es nicht. Gleichgültig wäscht und wäscht die Mutter, sie sieht nicht in das Abwaschwasser, sondern beobachtet, wie ich gieße, und am Abend beißt sie in ihr Salamibrot, ohne vorher den Tisch zu decken. „Ich verabscheue ihre Kittelschürze!“, rufe ich dem Vater durch den Garten zu. Der Vater schlürft durch schimmlige Strohhalme und kichert. „Ich verabscheue deine Kittelschürze, Mutter!“, brülle ich aus dem Garten in die Küche. „Scheu doch nicht“, kichert der Vater, während ich schreie. Ich weiß, dass der Baum auch nicht verdorren wird, wenn ich ihn nicht gieße. Das einzige, was mit den Jahren immer mehr verdorrt, ist die Wiese um den Baum. Voller blauer Plastikstücke verdorrt die Wiese; da helfen Muskeln nichts und auch kein Gießen.

Das Lächeln der Schauspieler nach dem Nathan

Die Souffleuse hat einen ruhigen Abend hinter sich. Sie hat im Souffleurkasten gesessen und nicht soufflieren müssen. Sie hat geräuschlos die Seiten umgeblättert, Regieanweisungen, Sprechtext, Regieanweisungen, Blick nach vorn, Blick auf den Text, Blick nach vorn, sie hat nichts eingeflüstert. Wie immer hat sie den Schauspielern zugeschaut, wie sie einen Kinofilm zum zehnten Mal ansehen würde, an den Stellen, über die das Publikum lachte, hat sie nicht mehr lachen können. Sie hat mit dem Ernstfall gerechnet, doch die Schauspieler haben kein Wort vergessen, keinen Einsatz verpasst. Nach der Vorstellung sitzen die Schauspieler in der Kantine zusammen, und nur selten setzt die Souffleuse sich dazu, um ein Glas Rotwein mit ihnen zu trinken, meistens kehrt sie nach Hause zurück und legt sich ins Bett, zu ihrem Mann. Es ist noch nicht Nacht, im Schlafzimmer ist es halbdunkel, die Souffleuse liegt auf dem Rücken, die dünne Decke bis zum Hals gezogen, die Augen geschlossen, der Mann liegt auf der Seite, er hat seinen Kopf auf der Hand abgestützt und schaut die Souffleuse an, ihr Gesicht, ihren Hals, ihren Körper, der sich unter der Decke abzeichnet. Im Theater hat es heute den Nathan gegeben, und nach dem Stück hat die Souffleuse sich nicht in die Kantine zu den Schauspielern gesetzt. Der Mann sagt: „Als ich heute aus dem Büro nach Hause lief, ist mir eine Frau entgegengekommen, die wild gestikuliert und mit sich selbst gesprochen hat, und diese Frau war mir irgendwie näher als die anderen Menschen auf der Straße. Warum das so war, weiß ich nicht." Er hebt die dünne Decke der Souffleuse an und schiebt seine warme Hand auf ihren Oberschenkel, sie spürt seinen dicken Handballen auf ihrem weichen Fleisch, den Druck der Fingerkuppen, einen Teil des Daumennagels. Sie erwidert nichts, sie denkt an den Ernstfall. „Ich meine damit nicht", fährt der Mann fort, „dass ich manchmal mit mir selbst rede oder dieser Frau in einer anderen Hinsicht ähnlich bin. Schließlich war sie verrückt." Die Souffleuse versucht, die Hand des Mannes von ihrem Oberschenkel zu vertreiben, indem sie ihre Oberschenkelmuskeln anspannt, entspannt, anspannt, entspannt. Jetzt berühren nur noch die Fingerkuppen des Mannes ihr Fleisch, seine Handfläche schwebt über ihrem Schenkel. Die Fingerkuppen verschwinden nicht. Stattdessen krabbelt die Hand wie eine Spinne über den Oberschenkel der Souffleuse, nach innen, nach außen, nach innen, verharrt, krabbelt weiter, verharrt wieder. Dieses Krabbeln und Verharren ist eine Angewohnheit des Mannes vor dem Ernstfall. Die Souffleuse rutscht nach rechts, weg vom Mann, aber der Arm des Mannes ist lang genug, der Platz im Bett reicht nicht aus, um der Hand zu entkommen. Die Souffleuse drückt eine Handfläche gegen die kalte Wand und befühlt die unregelmäßige Struktur der Tapete. Der Mann sagt: „Diese Frau war so natürlich, sie war ganz in sich versunken, sie war so, wie soll ich das beschreiben, so ... sag du doch mal!" Die Souffleuse schweigt, die Spinnenhand krabbelt ihren Oberschenkel hinunter, ein Trick, den die Souffleuse längst kennt, er erlaubt der Hand, später weiter nach oben zu kriechen, auf die Innenseite ihres Oberschenkels, in ihr Schamhaar. Vor drei Jahren hat die

Souffleuse ein Theaterstück souffliert, in dem die Schauspieler den gesamten Text schreiend artikulieren mussten, nur drei oder vier Sätze im ganzen Stück wurden in Zimmerlautstärke gesprochen. Nach und nach bekamen alle Schauspieler eine Kehlkopfentzündung, und in den Proben musste die Souffleuse die Mehrzahl der Rollen übernehmen. Der Regisseur erlaubte ihr, die Schauspieler mit leiser Stimme zu ersetzen. Nur die drei oder vier Sätze, die im Stück in normaler Lautstärke gesprochen wurden, musste sie schreien, wegen des Kontrasts, sagte der Regisseur, und die Souffleuse schrie. „Die Frau war im Reinen mit sich", erklärt der Mann, „sie war nur für sich selbst da, nicht für einen anderen, weißt du, was ich meine?" Mit der Satzmelodie bewegt sich auch die Hand des Mannes nach oben, zwei Spinnenbeine krabbeln in das Schamhaar der Souffleuse, streicheln dort herum, krabbeln auf die Innenseite ihres Oberschenkels, zurück auf den Oberschenkel, wieder in das Schamhaar, immer hin und her. Die Souffleuse rutscht noch weiter nach außen, vom Mann weg, an ihrem Arm spürt sie die raue Struktur der Tapete, sie drückt ihren Körper gegen die kalte Wand, sie fröstelt. Manchmal, beim Schlussapplaus, lächeln die Schauspieler der Souffleuse zu, sie bedanken sich damit, dass sie Abend für Abend die Seiten leise umblättert, sie laden sie ein, nach der Vorstellung in der Kantine ein Glas Rotwein mit ihnen zu trinken, aber meistens kehrt die Souffleuse nach Hause zurück. An das Lächeln der Schauspieler nach dem Nathan denkt die Souffleuse, wenn sie in ihr Bett kriecht, zu ihrem Mann, wenn sie sich auf den Rücken dreht und die Decke über ihren Körper zieht, bis hoch zum Hals, wenn sie die Augen schließt und den Ernstfall erwartet. „Vergessen eigentlich", fragt der Mann, „die Schauspieler ständig ihre Texte? Redest du im Theater so viel, dass du zu Hause nicht mehr sprechen willst?" Die Souffleuse antwortet nicht, sie bleibt auch dann noch stumm, als ein dickes Spinnenbein in sie schlüpft und ein dünneres Spinnenbein hinterher kriecht, als der Mann sich aufrichtet, als plötzlich unzählige Spinnenbeine über ihren Körper zu krabbeln scheinen, sie drückt sich stumm gegen die Wand, gegen die Tapete. „Diese Frau will mir einfach nicht aus dem Kopf", sagt der Mann, und dann tritt der Ernstfall ein, der Mann zieht die Souffleuse in die Mitte des Bettes, weil er Platz braucht, er zieht sie weg von ihrer kalten, unvollständigen Raufaserrüstung, nur die Fingerkuppen ihrer rechten Hand berühren noch die Wand, sie streicht mit ihnen immer wieder über die faserige Struktur der Tapete, sie denkt dabei an den Nathan, sie sagt sich in Gedanken den Nathan auf, für jedes Wort sucht sie auf der Tapete eine neue Erhebung, sie kann den Nathan fast auswendig, sie braucht ihr Textbuch nicht mehr, aber nie würde sie sich ohne Textbuch in den Souffleurkasten setzen, denn es beruhigt die Schauspieler, und ihr gefällt das geräuschlose Umblättern, das leise Greifen an den rechten oberen Rand der Seiten, das Gefühl, diese Stellen schon unzählige Male berührt zu haben.

Vorerst möchte ich mir keine Sorgen machen

In meinem Hausflur hängt seit heute Morgen ein neues Briefkastenschild, auf dem ich den Namen meines Kindes gelesen habe. Obwohl ich auf dem Weg zur Arbeit innehielt und das Briefkastenschild genau anschaute, wusste ich am Mittag nicht mehr, ob es sich tatsächlich im Hausflur befand. Am Nachmittag war ich mir schon sicher, dass ich mir das Schild nur eingebildet hatte, am Abend war das Briefkastenschild mit dem Namen meines Kindes jedoch immer noch da. Jetzt konzentriere ich mich auf die köchelnde Suppe und kann mich doch nicht dagegen wehren, dass mir durch den Namen meines Kindes die wenigen Monate wieder einfallen, die ich mit der Frau verbracht habe. Seitdem mein Kind verschwunden ist, habe ich nicht mehr an die Frau denken müssen, und ich befürchte, dass ich durch die Rückkehr meines Kindes wieder täglich an sie erinnert werde. Aber vorerst möchte ich mir keine Sorgen machen.

Die Frau lernte ich vor zwanzig Jahren kennen, weil sie versandhaussüchtig war. Seit ich sechzehn bin, arbeite ich als Paketzusteller für die südlichen Stadtviertel, ich stellte der Frau damals regelmäßig Pakete zu. Sie kaufte alles, Wäschekörbe, Telefaxgeräte und Aktenvernichter, jeden Tag brachte ich ihr ein Paket von einem anderen Absender, und während ich die Treppen zu ihrer Wohnung hinaufstieg, malte ich mir aus, wie sie Tag für Tag Zahlenreihen aus dicken Katalogen auf kleine Bestellkarten übertrug und die

Bestellkarten dann in den Briefkasten am Ende ihrer Straße warf. Mir gefielen diese Vorstellung und ihre Versandhaussucht, und einmal lud ich sie zum Essen ein, beide wählten wir Schnitzel mit Mischgemüse und Kroketten, wir kamen gut miteinander aus. Von diesem Tag an sahen wir uns zweimal täglich, vormittags an ihrer Türschwelle und abends in einem Gasthaus, wir redeten über ihre Bestellungen und ihre Schulden und manchmal auch darüber, welche Paketgröße und welches Paketgewicht für einen Paketzusteller am angenehmsten sind. Nach einigen Monaten traf ich den Gerichtsvollzieher im Treppenhaus, er nickte mir mit der Vertrautheit von Uniformierten zu, und von diesem Tag an fragte die Frau mich häufig nach Geld. Schon bald ertrug ich ihre Fragen nicht mehr, und mir blieb nichts anderes übrig, als die Fragen zusammen mit der Frau in der Wäschemangel zum Verschwinden zu bringen. Ich wickelte die Frau im Mangeltuch um die Rolle und kurbelte sie hin und her, sie wehrte sich nur wenig. Vom Gewicht der Walzen geplättet, entstieg sie zitternd der Mangel. Sie lief mehrmals gegen die Türpfosten und stolperte dann über die Schwelle hinaus. Auf der Straße hatte der Wind leichtes Spiel mit ihr. Mit ihren platten Händen suchte sie an einem Fenstervorsprung und in einer Baumkrone Halt. Kurz darauf war sie zwischen den Wolken verschwunden.

Ich wollte die Frau schnell vergessen, aber nach wenigen Monaten gebar sie mir ein Kind. Sie schickte es mir in einem Paket, ich stellte mir das Paket selbst zu und warf es achtlos in eine Ecke meiner Wohnung. Schnell wurde ich auf die schabenden Geräusche aus seinem Innern aufmerksam. Als ich den Paketdeckel vorsichtig öffnete, krabbelte mein Kind heraus, es hatte Hände und Füße, die so platt waren wie die

Frau, nachdem sie aus der Wäschemangel gestiegen war. Sein restlicher Körper war unversehrt, und seine Augen waren grün wie die Augen der Frau. Nicht nur deshalb erinnerte mich mein Kind an die Frau. Auch die Art, wie es mir durch meine ganze Wohnung folgte, in meine Küche, in mein Wohnzimmer, in mein Schlafzimmer, ließ mich immer wieder an die Frau denken. Ich hoffte, dass mein Kind mich bald wieder verlassen würde, denn ich wollte die Frau und ihre Versandhaussucht endlich vergessen, die kleinen Bestellkarten, deren Kästchen sie mit Zahlenreihen gefüllt hatte, die großen Pakete, die ich Tag für Tag in ihre Wohnung getragen hatte, ihre grünen Augen, die mich um Geld angebettelt hatten. Auch an den mitleidigen Blick des Gerichtsvollziehers wollte ich nicht mehr denken müssen. Doch mein Kind blieb, und mit ihm blieb die Erinnerung an die Frau. Ich erwog, mein Kind wie die Frau in der Wäschemangel zum Verschwinden zu bringen, aber ich wollte den Mangelraum nicht noch einmal aufsuchen, ich hatte Angst, im Mangeltuch Reste der Frau zu finden oder den Verdacht der Alten im Viertel zu erregen, wenn ich zum zweiten Mal den Mangelraum in Gesellschaft betrat und allein verließ. Also räumte ich meinem Kind eine kleine Ecke in meinem Kleiderschrank frei und hoffte, dass es verschwinden würde, wenn ich es ignorierte. Mein Kind schien allerdings zufrieden, tagsüber schlief es, abends krabbelte es auf dem Boden meiner Wohnung herum, immer hinter mir her, und manchmal kniff es in meine Waden oder biss in meine Fersen. Ich schrie es an und trat nach ihm, doch es folgte mir wortlos und mit einer Hartnäckigkeit, die ich bisher an keinem Menschen erlebt hatte, nicht einmal an dem Gerichtsvollzieher im Treppenhaus der Frau. In den schlimmsten Nächten riss mein Kind Kochlöffel aus den Schubladen und sprang in mein Bett, dort schlug es mit dem harten Holz der Löffel so lange gegen meine Stirn, bis ich es nicht mehr aushielt und mein Kind in meinen Kleiderschrank sperrte. Dann kratzte mein Kind mit seinen platten Händen am Holz und jaulte die ganze Nacht. Je älter mein Kind wurde, umso häufiger schlug es mich und umso lauter kratzte und jaulte es, und bald war ich so erschöpft, dass ich mich bei der Paketstelle krankmelden musste. Wochenlang lag ich beinahe reglos in meinem Bett, gegen die Quälereien des Kindes konnte ich mich nicht auflehnen, nicht einmal auf meine Türklingel reagierte ich. Eines Tages verschwand mein Kind plötzlich, von einem Tag auf den anderen tauchte es nicht mehr in meinem Bett auf, um mich mit Kochlöffeln zu schlagen, und seine Ecke in meinem Kleiderschrank blieb leer. Vorsichtig begann ich, wieder Pakete zuzustellen. In den ersten Tagen hielt ich während der Arbeit ängstlich Ausschau nach meinem Kind. Der Bezirk, in dem ich Pakete zustellte, wurde in dieser Zeit um die südöstlichen Stadtviertel erweitert, und ich kam in der Stadt weiter herum als zuvor, aber ich begegnete meinem Kind nicht. Ich suchte seine Sachen zusammen und warf sie in die Mülltonne auf dem Hof, und erst nachdem ich zwei Tage später morgens um sieben Uhr beobachtet hatte, wie das Müllauto die Hosen, die Pullover und die platten Schuhe meines Kindes mitnahm, konnte ich die Frau endlich vergessen. Ich vergaß zuerst die Farbe ihrer Türschwelle und die Form des Geländers in ihrem Treppenhaus, die Höhe ihrer Schulden und ihre Versandhaussucht, dann vergaß ich den Klang ihrer Stimme, schließlich ihr Gesicht und am Ende ihren Namen und ihre Adresse. Jahrelang habe ich nicht an sie gedacht. Erst heute Morgen, als ich auf dem

Weg zur Arbeit das neue Briefkastenschild mit dem Namen meines Kindes gesehen habe, ist sie mir wieder eingefallen

Die Suppe für die nächsten drei Tage köchelt auf dem Herd, sie ist zu dünn geworden, ich schneide noch ein paar Kartoffeln und gebe die kleinen Stücke in die bräunliche Flüssigkeit, ich drehe die Hitze unter dem Topf hoch, damit die Suppe weiter eindickt. Die dünne Suppe schlägt Blasen, ich decke den Topf ab, stelle einen Teller auf den Tisch und lege einen Löffel bereit, dann habe ich keinen Hunger mehr. Ich möchte mir vorerst keine Sorgen machen und kann mich doch nicht dagegen wehren, dass die Angst vor der Rückkehr meines Kindes immer größer wird. Wahrscheinlich wird mein Kind mir nun wieder durch meine Wohnung folgen und in meine Waden zwicken. Noch einmal drehe ich die Hitze unter dem Suppentopf hoch, damit ich die Suppe morgen Abend essen kann. Dann lege ich mich auf mein Bett.

Als ich schon fast schlafe, nachts, klingelt es an meiner Wohnungstür. Sicher ist es der platte Finger meines Kindes, der auf den Klingelknopf drückt, gleich betritt mein Kind meine Wohnung, in seinen Händen hält es Kochlöffel, mit denen es mich schlagen möchte, oder es klettert in meinen Kleiderschrank, kratzt dort am Holz und jault so laut, dass ich morgen vor Erschöpfung nicht arbeiten kann. In meiner Wohnung riecht es merkwürdig, eine scharfe Mischung aus gebratenem Lauch, Zwiebeln und verbrannten Kartoffeln, wahrscheinlich steht die Platte unter dem Suppentopf immer noch auf der höchsten Stufe. Ich werde nicht in die Küche gehen, um den Herd auszuschalten, und ich werde meinem Kind meine Wohnungstür nicht öffnen. Ich schließe die Augen. Nie wieder möchte ich gemeinsam mit meinem Kind in meiner Wohnung leben. Es klingelt noch einmal. Ich stelle mich schlafend. Ich höre Rufe im Treppenhaus. Die Rufe werden zu Schreien. Die Klingel ertönt jetzt sekundenlang. Pause. Sekundenlang. Es ist sehr warm im Zimmer. Trotzdem nehme ich die Bettdecke nicht von meinem Körper. Vor meiner Wohnungstür scheinen die Alten von der Wäschemangel angetreten zu sein, mehrere Paketzusteller und alle Frauen aus den umliegenden Häusern. Sie wollen, dass ich meinem Kind meine Wohnungstür öffne, sie treten gegen meine Wohnungstür, sie rufen im Chor meinen Namen. Langsam wird es in meiner Wohnung unerträglich heiß, aber ich rühre mich nicht. Ich ignoriere die Schritte und Schreie im Treppenhaus, denn ich schlafe, ich kann meine Wohnungstür nicht öffnen, denn ich schlafe, ich höre nicht die Rufe, nicht die Tritte gegen meine Wohnungstür, nicht meine Türklingel, denn ich habe meine Augen geschlossen und schlafe, im Schlaf kann man nichts hören, im Schlaf kann man nichts sehen, im Schlaf kann man sich nicht bewegen. Vorerst möchte ich mir keine Sorgen machen.

Diese fünf Dinge

Auf meine Nachfrage erzählte mein Vater mir am Telefon, dass der Hund tot an seinem Lieblingsplatz in unserer Stube lag. Der Hund hatte vor zwei Tagen plötzlich nicht mehr geatmet, und ehe mein Vater den Tierarzt hatte anrufen können, war der Hund schon erstickt. Nun saß mein Vater auf dem braunen Sofa und ließ den toten Hund nur zum Essen und Schlafen aus den Augen. Die Ohren des Hundes zitterten auch nach zwei Tagen noch, sagte mein Vater, doch ich wusste, dass er sich das nur einbildete.

Mein Vater war lieber mit dem Hund als mit meiner Mutter spazieren gegangen, obwohl der Arzt der Mutter frische Luft dringend empfohlen und die Mutter meinen Vater oft gebeten hatte, mit ihr über die Felder hinter dem Haus zu laufen. Mein Vater aber war nur mit dem Hund über die Felder gegangen, beide waren damals noch sehr schnell. Mit dem kaputten Gelenk konnte die Mutter meinem Vater und dem Hund nicht folgen, sie lag im ersten Stock und empfing zweimal pro Woche Besuch vom Arzt, der nach der Untersuchung der Mutter meinem Vater ins Gewissen redete. Mein Vater weigerte sich jedoch, so langsam wie die Mutter zu laufen, er verwies auf den Hund, der viel Bewegung benötigte. In der Nacht, in der die Mutter starb, ging der Hund in den Feldern verloren, er schob sich in ein Erdloch hinein und blieb stecken. Mein Vater lief die ganze Nacht über die Felder und rief nach dem Hund, während die Mutter mit ihrem kaputten Gelenk nach meinem Vater rief. Schließlich hörte mein Vater den Hund in dem Erdloch winseln, er markierte die Stelle mit seiner dunkelblauen Jacke, lief frierend nach Hause und holte seinen Spaten. Aus dem ersten Stock rief die Mutter nach meinem Vater, er schenkte ihren Rufen jedoch keine Beachtung, denn häufig rief sie grundlos nach ihm. Er wollte zuerst den Hund befreien. Tief in der Nacht grub er so lange in dem Erdloch, bis er auf den zitternden Hund stieß, später reinigte er ihn in der Badewanne mit Mutters Shampoo. Erst als mein Vater sich schlafen legen wollte, fand er die tote Mutter. Er bestellte sofort den Arzt, später rief er mich an und bat mich, ihm bei den Formalitäten zu helfen. Weil er nicht schlafen konnte, säuberte mein Vater in der Nacht das Bad, aber als ich am Morgen kam, um mich von der Mutter zu verabschieden, waren auf den weißen Fliesen noch immer einige Pfotenabdrücke zu sehen.

Ich stellte mir meinen Vater vor, wie er in unserer Stube auf dem braunen Sofa saß und den toten Hund betrachtete, der zwischen Kamin und Glasvitrine lag. Wahrscheinlich hätte mein Vater mit dem Hund noch Tage oder Wochen in unserer Stube ausgeharrt, wenn ich nicht angerufen hätte, um ihm zu sagen, dass ich ihn am Wochenende besuchen käme. Als mein Vater mir am Telefon von dem toten Hund erzählte, fuhr ich sofort von der Stadt in unser Dorf und half meinem Vater, das Grab auszuheben.

Nach dem Tod der Mutter hatte mein Vater dem Hund cine lange Leine gekauft, und der Hund war nicht mehr verloren gegangen. Ich erreichte meinen Vater seltener am Telefon, er war ständig mit dem Hund unterwegs. Ohne Unterlass streifte er mit dem Hund über die Felder, der Hund zerrte an der Leine, und mein Vater lehnte sich gegen das Zerren und folgte dem Hund mit stockenden Schritten. Doch je älter der Hund wurde, umso weniger zerrte er, und mein Vater baute ihm ein kleines Gefährt, mit dem er den Hund über die Feldwege ziehen konnte. Der Hund mit seinem grauen Fell thronte auf dem Gefährt wie ein König bei einer Prozession und bellte die Vorübergehenden an. Mein Vater erzählte mir stolz, dass man ihn im Dorf oft auf den ungewöhnlichen Wagen ansprach. Er erzählte mir allerdings nicht, dass der Hund stundenlang die Stubenwände anbellte, weil er sie mit Türen verwechselte, und dass der Hund sein Futter in großen Brocken mühsam hinunterwürgte, weil er nicht mehr gut kauen konnte. Das sah ich nur, wenn ich meinen Vater an den Wochenenden besuchte. In den letzten Wochen musste mein Vater den Hund tragen, denn der Hund hielt das Rütteln des Wagens nicht mehr aus, er winselte vor Schmerzen. Mein Vater trug den Hund über die Felder und strich ihm über das weiche Fell, der Hund hatte weiße Wimpern und weiße Schnurrhaare bekommen und hing reglos in den Armen meines Vaters, so als wäre er schon tot. Nur manchmal knurrte er noch leise, wenn er die Witterung irgendeines fernen Tieres aufnahm.

Das Grab für den Hund hoben wir mit demselben Spaten aus, mit dem mein Vater damals den Hund aus dem Erdloch befreit hatte, und wir gruben es auch in der Nacht. Im Regen gaben wir den Spaten von Hand zu Hand, wortlos stießen wir ihn in die Erde, immer wieder rutschte die nasse Erde zurück in das Loch, wir schaufelten sie wieder hinaus und neue Erde dazu, der Hügel neben uns wuchs. Verbissen gruben wir eine halbe Stunde lang, mein Vater in seiner dunkelblauen Jacke, ich in meinem braunen Sakko, bis uns das

Grab für den Körper des toten Hundes groß genug erschien. Ich holte den Hund aus dem Haus, ließ ihn vorsichtig in das Grab gleiten und strich noch einmal über sein glanzloses Fell, das im Regen sofort unangenehm zu riechen begann. Mein Vater schaufelte das Loch wieder zu. Es blieb nicht viel Erde übrig, man sah kaum, dass hier gegraben worden war. Mein Vater schaute mir zu, wie ich die lockere Erde feststampfte. Als wir endlich zu Bett gingen, war es nach Mitternacht. Ich schlief wie immer in meinem Zimmer, in dem noch meine Kindermöbel standen. Am nächsten Morgen frühstückten wir zeitig, ich musste auf der Arbeit pünktlich erscheinen und wollte meinen Vater am Wochenende erneut und in Ruhe besuchen. Beim Essen fragte ich mich, ob ich ihm am Samstag einen neuen Hund mitbringen sollte, aber ich war mir nicht sicher, ob ich ihm die gleiche Hundeart noch einmal schenken konnte. Auf dem Weg vom Haus zum Auto warf ich einen Blick auf die Stelle, an der wir am Abend den Hund beerdigt hatten. Der Regen hatte die lockere Erde ausgewaschen und ein Stück abgetragen, die Ohren des Hundes schauten heraus und zitterten im Wind. Schnell schob ich mit dem Schuh ein wenig Erde über die Ohren. Zwei kleine Hügel blieben zurück, die der nächste Regen oder der Wind wieder abtragen würden. Aus dem Auto winkte ich meinem Vater zu, mein braunes Sakko hatte ich über die Lehne des Beifahrersitzes gehängt, es war noch nass vom Regen der letzten Nacht.

Als ich ein paar Tage später auf dem Weg zur Arbeit durch den Park lief, tauchten die zitternden Ohren des Hundes noch einmal auf, plötzlich meinte ich, in der braunen Erde neben mir zitternde Ohren zu sehen. Ich musste dem Impuls widerstehen, zu der Stelle zu laufen und mit den

Schuhen Erde darüber zu schieben, ich ging weiter, ich überlegte immer noch, was für einen Hund ich meinem Vater schenken sollte, und ich überlegte, ob es besser wäre, noch ein paar Wochen zu warten. Wenn ich nach der Sofalehne in meiner Wohnung griff, hatte ich das Gefühl, den kalten Hund zu berühren. Kalt und weich war auch die Lehne. Nur dass das Fell des Hundes braun gewesen war wie das Sofa meines Vaters, wie mein Sakko. Mein Sofa dagegen war dunkelblau wie die Jacke, die mein Vater in der Nacht getragen hatte, als wir den Hund beerdigt hatten. Doch das Sofa meines Vaters war nicht der Hund, das Sofa meines Vaters war nicht mein Sakko, mein Sakko war nicht der Hund, mein Sofa war nicht die Jacke meines Vaters, die Jacke meines Vaters war nicht mein Sofa. Noch Wochen später dachte ich immerzu an diese fünf Dinge, dabei hatten sie nichts miteinander zu tun.

Am Ende überlegten wir, die Arme ebenfalls auszubreiten

Es war im September vor zwei Jahren, dass die Schwarzen in unser Dorf kamen, und im Dezember flogen sie wieder davon. Mit großen Karren wurden sie gebracht, sie saßen auf den Ladeflächen, ihre kleinen Rucksäcke neben sich, sie trugen weiße Hemden auf ihrer schwarzen Haut, sie sangen ihre Lieder. Mit ihren jungen, schwarzen Händen winkten sie uns zu, und wir winkten mit unseren alten, weißen Händen zurück. Wir begrüßten sie fröhlich, denn sie waren unser Ersatz, man hatte nach Afrika geschrieben. Jeden Tag dröhnte um sieben Uhr dreißig die Kirchenglocke, mit ihren schwarzen Beinen liefen die Schwarzen durch unser Dorf, uns gefiel ihr weicher, lautloser Gang auf der Dorfstraße. Dann legte man den Schalter in der Glaskabine um, die Bänder begannen, sich zu bewegen, und die Schwarzen hoben grüne, rote und blaue Teile von einem Band auf ein anderes und schlugen Nägel hinein. Wir stellten uns vor, wie die Schwarzen in ihren schwarzen Händen die Hämmer hielten, wie sie ihre Lippen zusammenkniffen und auf die Nägel schlugen, die in die grünen, roten und blauen Teile fuhren. Wir kannten die Hämmer, die Nägel, die grünen, roten und blauen Teile genau, wir hatten selbst in der Fabrik gearbeitet, bis wir zu alt geworden waren. Wir öffneten unsere Fenster, um morgens den weichen Gang der Schwarzen zu verfolgen und ihnen zuzunicken auf ihrem Weg in die Fabrik, um tagsüber das Quietschen der Bänder, das Knallen der Hämmer, das Knirschen der Nägel und die fröhlichen Lieder der Schwarzen zu hören, um uns abends zu vergewissern, dass die Schwarzen auch nach zehn Stunden in der Fabrik noch kräftig waren. Die Wagen, die die fertigen grünen, roten und blauen Teile in die Stadt brachten, rumpelten am Abend über die Dorfstraße, und die Schwarzen lachten auf ihrem Nachhauseweg so fröhlich wie am Morgen, nur ihre Arme und Beine waren dann heller, vom Staub. Aber die Schwarzen blieben nicht fröhlich.

Es war im November vor zwei Jahren, dass die Schwarzen begannen, leiser zu singen und lauter zu laufen. Morgens drückten sie ihre Füße fester auf die Dorfstraße, als könnten sie schon während des Laufens die ersten Nägel in die grünen, roten und blauen Teile schlagen und so schneller wieder nach Hause gehen. Die Stimmen der Schwarzen wurden brüchig, und schließlich sangen sie nicht mehr, sondern fluchten. Erst fluchten sie nur auf dem Nachhauseweg, dann hörten wir die Flüche mittags aus den Fabrikhallen, und kurz bevor sie davonflogen, fluchten sie ständig. Schon am Morgen, wenn ihre Füße auf die Dorfstraße knallten, spuckten die Schwarzen Flüche auf das Pflaster wie Kirschkerne. Wir schlossen die Fenster, denn der Winter war kalt, wir zogen die Vorhänge zu, wir wollten die Flüche der Schwarzen nicht hören, wir wollten ihre faulen Körper nicht sehen, wir wollten nur die rumpelnden Wagen betrachten, die abends die fertigen grünen, roten und blauen Teile in die Stadt brachten. Winkten die Schwarzen uns von der Dorfstraße zu, wollten sie uns Zeichen geben auf ihrem Weg zur Fabrik, dann traten wir schnell hinter den Vorhängen zurück und bissen in unser hartes Brot. Auch wir hatten in der Fabrik gearbeitet, doch wir waren fleißiger gewesen. Ohne die Füße auf die Dorfstraße zu knallen und ohne zu fluchen, hatten wir die Fabrik ertragen, bis wir zu alt geworden waren.

Es war im März vor zwei Jahren, dass es laut vor unseren Türen wurde. Bagger fuhren in unser Dorf, man stieg aus und breitete Pläne auf der Dorfstraße aus, man wies auf unsere Häuser, die Straße und den Wald, man korrigierte die Pläne und rodete den Wald am Ende der Dorfstraße. Auf die frische Erde baute man eine große Fabrik mit gelben Wellplastikwänden, mit langen Bändern darin und einer Glaskabine, in der ein großer Schalter aus dem Boden ragte. Im April klingelte man an unseren Häusern und hielt Formulare unter unsere Augen, man reichte uns Stifte, man ließ die Kirchenglocke dröhnen, bis wir unterschrieben. Als am ersten Maimorgen um sieben Uhr dreißig die Kirchenglocke schlug, liefen wir in die Fabrik. Man legte den Schalter in der Glaskabine um, die Bänder begannen, sich zu bewegen, und wir hoben grüne, rote und blaue Teile von einem Band auf ein anderes, wir schlugen Nägel hinein. Abends verfolgten wir stolz die Wagen, die über die Dorfstraße rumpelten, um die fertigen grünen, roten und blauen Teile in die Stadt zu bringen. Aber bald vermissten wir den Wald am Ende der Dorfstraße, wir vermissten die Sonne. Die Wellplastikwände verwandelten das Sommerlicht in verschwommene, gelbe Strahlen. Unsere Körper schmerzten, als würden wir die Nägel nicht in die grünen, roten und blauen Teile, sondern in uns selbst schlagen. Abends waren wir zu müde, um unser hartes Brot in den Mund zu schieben, und nachts träumten wir von grünen, roten und blauen Häusern, die zusammenstürzten, von grünen, roten und blauen Bäumen, die gefällt wurden, von grünen, roten und blauen Broten, die vergiftet waren. Wir blieben stumm und beteten insgeheim, dass wir nicht mehr lange in der Fabrik arbeiten mussten, wir hofften auf ein Wunder.

Es war im August vor zwei Jahren, dass wir auf einmal älter wurden. Morgens um sieben Uhr sahen wir uns im Spiegel an, und plötzlich entstanden Runzeln auf unseren Stirnen, in die Haut neben unseren Augen gruben sich Furchen, unsere Münder vertrockneten zu Faltenkränzen. Wir setzten uns auf Stühle, die unsere Rücken nicht genügend stützten. Wir aßen Brot, das unsere Zähne nicht zerkleinern konnten. Die Kirchenglocke schlug, wir liefen mit schweren Beinen zur Fabrik, wir stellten uns an unsere Bänder, vor uns warteten die grünen, roten und blauen Teile, wie wir sie am Abend zurückgelassen hatten. Man legte den Schalter in der Glaskabine um. Die Bänder ratterten, die grünen, roten und blauen Teile fuhren an unseren Plätzen vorbei. Wir konnten sie jedoch nicht greifen, sie waren zu groß, wir konnten die Hämmer nicht halten, sie waren zu schwer, und erwischten wir einmal ein grünes, rotes oder blaues Teil, rutschte es uns gleich wieder aus der Hand, und gelang es uns, einen Hammer anzuheben, sauste er neben einem Nagel nieder und nicht auf ihn. Unsere Finger waren für die Fabrik zu steif und unsere Arme zu müde geworden. Man ließ die Kirchenglocke stundenlang dröhnen, um uns zum Arbeiten zu zwingen. So hatte man uns im April dazu gebracht, die Formulare zu unterschreiben, doch nun waren unsere Ohren zu alt, um unter dem hellen Klang der Kirchenglocke zu leiden. Wir verließen die Fabrik als alte Menschen, wir liefen langsam die Dorfstraße entlang und stützten die Ältesten von uns. Wütend verschloss man die Fabrik, es wurde wieder ruhig in unserem Dorf, abends rumpelten die Wagen nicht mehr über die Dorfstraße, um die fertigen grünen, roten und blauen Teile in die Stadt zu bringen, nur gelegentlich trommelten Regentropfen gegen die gelben Wellplastikwände, und wir setzten uns tagsüber in die Sonne oder gingen im Wald spazieren. Schon bald schrieb man nach Afrika, und es wurde wieder laut, als im September die Schwarzen in unser Dorf kamen. Sie saßen auf den Ladeflächen der großen Karren, ihre kleinen Rucksäcke neben sich, sie trugen weiße Hemden, sie sangen ihre Lieder und winkten uns zu, und wir winkten zurück, wir begrüßten sie fröhlich, denn sie waren unser Ersatz. Weich und lautlos liefen sie über die Dorfstraße, sie hoben die grünen, roten und blauen Teile von einem Band auf ein anderes und schlugen Nägel hinein, aber sie arbeiteten nur zwei Monate, im November schon wurden sie faul, sie knallten ihre Füßen auf die Dorfstraße und fluchten, und im Dezember flogen sie davon.

Es begann zu schneien im Dezember vor zwei Jahren, ungewöhnliche Schneeflocken, solche, die nach oben flogen. Noch nie hatten die Schwarzen Schnee gesehen, wir hörten aus der Fabrik, wie sich ihre Flüche in verwunderte Rufe verwandelten. Misstrauisch versammelten wir uns vor unseren Haustüren und beobachteten, wie die faulen Schwarzen aus der Fabrik auf die Dorfstraße liefen. Man ließ die Kirchenglocke dröhnen, aber die Schwarzen kehrten nicht an die Bänder zurück. Sie breiteten ihre Arme aus und bewegten sie im Schneegestöber auf und ab, als könnten sie gemeinsam mit dem Schnee nach oben fliegen. Wir lachten die Schwarzen aus, bis der erste den Erdboden verließ. Bald sprangen der Nächste, der Nächste, der Nächste von der Erde in die Luft. Wir wollten die Schwarzen an ihren schwarzen Füßen zurück auf den Boden ziehen, aber es waren zu viele, die meisten schwebten schon mehrere Meter über der Erde, und wir waren zu langsam, zu alt. Wie im Herbst, wenn die Zugvögel ziehen, verdunkelte sich der Himmel allmählich. Immer höher flogen die Schwarzen, sie umkreisten den Kirchturm und vollführten übermütige Kunststücke, Überschläge und Purzelbäume in der kalten Luft. Am Ende überlegten wir, die Arme ebenfalls auszubreiten. Wir taten es nicht, denn unser Dorf war unser Zuhause, und wir wollten nicht mit den faulen Schwarzen ziehen. Bald hatten wir alle Schwarzen aus den Augen verloren, noch bis zum Abend standen wir auf der Dorfstraße, die Gesichter zum Himmel gerichtet, wir hielten nach den Schwarzen Ausschau. Nach zwei Tagen waren wir sicher, dass sie zurück nach Afrika geflogen waren, nach Marokko oder Togo. Vor Wut ließ man die Kirchenglocke mehrere Wochen dröhnen, dann kehrte man der Fabrik den Rücken. Langsam eroberte der Wald die Fabrik zurück, Pflanzen zersprengten mit ihren Wurzeln das Fundament und krochen die Wellplastikwände hoch, und ein großer Vogel baute in der Glaskabine sein Nest, er brütete riesige Eier aus, denen noch größere Junge entschlüpften. Sie wuchsen heran, und als sich ihre Federn dunkel färbten, setzten sie sich auf den Schalter in der Glaskabine und lernten von dort aus das Fliegen. Wir schlurften über die Dorfstraße, wir waren froh, die Fabrik und die Schwarzen losgeworden zu sein, aber die Vögel warfen mit ihren riesigen Flügeln Schatten auf uns, als wäre es nicht gut, wenn wir uns zu sehr an das Sonnenlicht gewöhnten.

Es ist im April dieses Jahres gewesen, dass man mit Baggern und Plänen zurückgekehrt ist. Man hat die Überreste der Fabrik zusammen mit dem großen Vogelnest fortgebracht, man hat eine neue Kirchenglocke mit einem tiefen Ton befestigt, den unsere alten, fast tauben Ohren nicht ertragen können, und jetzt baut man eine neue Fabrik. Wir schauen mit unseren alten Augen zu, wie man die Bänder bringt, die gelben Wellplastikwände und die Glaskabine für den Schalter, wie man alles zusammensetzt und verschraubt, wie eine Fabrik entsteht, die wir so noch nicht kennen, eine Fabrik mit langsamen Bändern und kleineren grünen, roten und blauen Teilen, keine Fabrik für Schwarze, sondern für Alte. Stündlich dröhnt der tiefe Ton der Kirchenglocke, und noch hoffen wir, dass man nach Afrika schreibt, dass man auf den Ladeflächen der großen Karren alte Schwarze herbeibringt, die weiße Hemden tragen und fröhliche Lieder singen, insgeheim wissen wir jedoch, die Fabrik ist für uns. Wir wissen, dass die Schwarzen faul sind und dass wir fleißig sind, wir wissen, dass man deshalb lieber uns an den Bändern arbeiten sieht als die Schwarzen, wir wissen, dass die Schwarzen Schuld daran haben, dass wir wieder in die Fabrik gehen müssen, und wir wissen, dass wir die Schwarzen von Anfang an nicht gemocht haben, dass wir ihre albernen Lieder verabscheut und uns vor ihrem katzengleichen Gang auf der Dorfstraße geekelt haben. Im Dezember, wenn der Schnee von unten nach oben fliegt, werden wir die Fabrik verlassen, wir werden unsere Arme ausbreiten und auf und ab bewegen, wir werden so tun, als wollten wir mit dem Schnee davonfliegen, aber wir wissen, wir wollen es nicht, wir wissen, wir verlachen damit die Schwarzen, die vor zwei Jahren davonflogen, so als wäre das möglich.

Die Sache mit dem Teppich

Mein Kind schreit immer. Seit einem Jahr schreit es. Normalerweise schreien Kinder nicht so viel. Da muss man nur mal ein paar Mütter auf dem Spielplatz fragen. Schreien? Höchstens wenn es Hunger hat, und auch dann nur selten. Am Anfang habe ich das Kind noch hochgenommen und hin- und hergetragen, es geschaukelt und Melodien gesummt. Nichts hat geholfen. Bis heute habe ich nichts gefunden, was hilft. Ich bin mit dem Kind in der Wohnung. Es ist Mittag, ich bin müde. Das Kind ist im Autositz und schläft. Wenn das Kind überhaupt mal schläft, dann im Autositz. Dabei habe ich für das Kind extra eine Sternchenwiege gekauft. Die Verkäuferin hat gesagt, dass viele Eltern mit Wiegen gut zurechtkommen, auch sie selbst. In einer Wiege schläft jedes Kind innerhalb kürzester Zeit ein, hat die Verkäuferin gesagt. Das Kind hat noch nie in der Sternchenwiege geschlafen. Wenn das Kind nicht ständig schreien würde, würde ich die Sternchenwiege zurückbringen. Aber ich kann mit dem schreienden Kind nicht in die Stadt fahren. Ein einziges Mal habe ich das gemacht, ich habe es kaum ausgehalten. Wie sich die Leute auf der Straße nach mir umgedreht haben. Wie mich in der Straßenbahn alle angestarrt haben. Wie eine alte Frau auf das Kind eingeredet und ihm beruhigend die Wange gestreichelt hat, als wäre es ihres und nicht meines. Wie die Verkäuferin in dem Babygeschäft immer wieder in den Autositz geschaut hat, während sie mir die Sternchenwiege aufschwatzte. Und wie die anderen Verkäuferinnen möglichst unauffällig an der Bettenabteilung vorbeigeschlendert sind, um zu sehen, wessen Kind so schreit.

Es ist also Mittag, ich bin müde, der Autositz mit dem Kind steht im Wohnzimmer, und ich bin im Schlafzimmer. Früher habe ich manchmal auf der Wohnzimmercouch geschlafen, ich dachte, dass das Kind vielleicht ruhiger wird, wenn ich in seiner Nähe bin. Doch das hat nichts geholfen, und die Couch ist mir mittlerweile zu unbequem. Ich habe schon immer schlecht geschlafen. Seitdem das Kind da ist, ist das richtig schlimm geworden. Ich kann nicht einschlafen, wenn ich weiß, dass das Kind jeden Moment schreien könnte. Ich liege ein oder zwei Stunden im Bett und warte eigentlich nur darauf, dass das Kind wieder anfängt zu schreien. Auf dem Spielplatz nicke ich manchmal einfach weg, so müde bin ich. Dann wache ich nach ein paar Minuten wieder auf und muss erstmal das Kind suchen. Die anderen Mütter tuscheln sowieso schon über mich, weil ich das Kind in einem Autositz auf den Spielplatz trage und es selbst auf dem Spielplatz fast immer schreit. Sie setzen sich nicht zu mir auf die Bank, sondern schieben ihre Kinderwagen auf die andere Seite. Und dann sehen sie noch, wie ich mitten am Tag einschlafe. Vor einem halben Jahr bin ich zu Hause beim Stillen eingeschlafen. Ich bin wieder aufgewacht, als das Kind auf dem Fußboden landete und zu schreien anfing. Ihm ist nichts passiert, ich habe nämlich einen weichen Teppich auf dem Boden. Den habe ich von meiner Großmutter bekommen, als die gestorben ist. Ich habe den Teppich aus ihrer Wohnung auf die Straße getragen und bin einfach losgelaufen, ich habe ihn ein paar Meter geschleift, dann habe ich mich ausgeruht, dann wieder geschleift. Da war ich schon im fünften oder sechsten Monat, man konnte den Bauch deutlich sehen. Ich wusste, dass mich an der nächsten Straßenecke jemand fragt, ob er mir helfen soll. Nach zwei oder drei Kreuzungen hat mich wirklich einer angesprochen, zu zweit haben wir den schweren Teppich anderthalb Stunden lang durch die Straßen gezogen, das war ziemlich lustig. Zweimal haben wir an einer Imbissbude angehalten und etwas getrunken. In meiner Wohnung habe ich ihn noch zum Essen eingeladen, Brot mit Käse und Wurst, und dann hat er sich verabschiedet, ohne mehr zu verlangen. Auf den weichen Teppich ist das Kind jedenfalls gefallen, und passiert ist da nichts. Den Teppich habe ich ja extra für das Kind im Wohnzimmer ausgelegt.

Ich bin also müde, das Kind schläft im Wohnzimmer, und ich liege im Schlafzimmer auf dem Bett. Das Schlafzimmer nützt nicht viel, wenn das Kind anfängt zu schreien. Die Wände in meiner Wohnung sind so dünn, dass ich das Kind auch noch schreien höre, wenn ich mir die Bettdecke bis über die Ohren ziehe. Andere Mütter können die Wohnung verlassen, spazieren gehen oder ein Eis essen, aber ich kann das nicht. Das Kind und ich, wir sind eigentlich immer allein. Der Kindsvater ist fast nie da. So nennen sie ihn auf dem Amt, die haben mich mal gefragt: „Was ist mit dem *Kindsvater?*“ Seitdem sage ich manchmal Kindsvater zu dem, das findet der aber nicht lustig. Wenn der Kindsvater da ist, lümmelt er bloß in meinem Bett, und das Kind schreit weiter. Er hat auch keine Idee, was man gegen das Schreien unternehmen könnte. Ich hatte schon einmal ein Kind, das nicht so viel geschrien hat. Eigentlich hat es sehr wenig geschrien. Genau wie es die Mütter auf dem Spielplatz sagen: Schreien? Höchstens wenn es Hunger hat, und auch dann nur selten.

Der Mann vom ersten Kind war immer da, wir haben uns nach einer Weile allerdings nicht mehr gut vertragen, zu dritt in der kleinen Wohnung. Ich habe ihn dann weggeschickt. Und danach habe ich das erste Kind weggegeben. Ohne den Mann ging das nicht mehr, das war mir zu viel. Es war ziemlich einfach, das Kind wegzugeben. Schwierig wird es erst, wenn man später herausfinden will, wo das Kind gelandet ist. Das Komische ist, dass ich das Kind zuerst gern weggegeben habe. Als es jemand mitgenommen hat, habe ich geglaubt, dass es nur für kurze Zeit woanders ist. Es ist nicht gleich wiedergekommen, und da habe ich vermutet, dass es vorübergehend beim Mann wohnt. Das Kind holt die Zeit mit dem Mann nach, habe ich gedacht, und wenn es vom Mann zurückkehrt, schlägt es mir beim Füttern den Löffel nicht mehr aus der Hand und bleibt ruhig, wenn ich einen Film ansehen will. Erst später habe ich verstanden, dass das Kind nicht mehr nach Hause kommen wird. Aber es ist unmöglich, dass ich es nie wiedersehe, habe ich dann gedacht, das Kind kehrt sicher jeden Moment heim. Das ist immer so hin und her gegangen, von einer Minute auf die nächste hat sich in mir ein Schalter umgelegt, beim Hinschalten hätte ich lachen können und beim Zurückschalten heulen. Bis dieser Schalter verschwindet, dauert es wohl ein paar Jahre.

Das Kind ist also im Autositz und schläft, und ich liege auf dem Bett und habe das Gefühl, dass ich gleich einschlafe, wenn das Kind nur noch für eine Stunde Ruhe gibt. Im Bett schlafe ich manchmal ganz gut, vor allem, wenn ich nicht allein darin bin. Der Mann, den ich weggeschickt habe, ist ziemlich häufig zu Besuch, und auch der Kindsvater kommt nachts ab und zu vorbei. Seitdem sie aber zur gleichen Zeit da waren, hat mich keiner von beiden mehr besucht. Das war vor einer Woche. Sie haben erst mich und dann sich angebrüllt, sie haben lauter gebrüllt als das Kind, und dann sind sie beide kurz nacheinander aus der Wohnung gerannt. Ich habe sie vor dem Fenster an der Haltestelle warten sehen, ein paar Meter voneinander entfernt. Als sie weg waren, hat das Kind fünfzehn Stunden lang geschrien. Ich trage das Kind schon lange nicht mehr in der Wohnung herum, wenn es schreit, sondern setze es in den Autositz und warte. Nach sieben oder acht Stunden habe ich das Kind doch aus dem Autositz genommen, bin mit ihm in der Wohnung herumgelaufen und habe Melodien gesummt, wie am Anfang, als ich noch dachte, dass so etwas vielleicht hilft. Natürlich ist das Kind nicht ruhiger geworden, und ich habe nicht gewusst, was ich tun soll, also habe ich es in die Sternchenwiege gelegt. Auch da hat es weiter geschrien, obwohl ich die Wiege geschaukelt und mit dem Spielzeug neben seinem Kopf geklappert habe. Das Beste an der Sternchenwiege, hat dic Verkäuferin gesagt, ist das Spielzeug, das man an den Holzstreben befestigen kann. Eine Ringrassel und einen Stoffgreifling hat sie mir empfohlen. Sie hat mir jedoch nicht gesagt, dass man für die Sternchenwiege eine große Wohnung braucht und ein Kind, das überall schlafen kann. Ich habe keins von beidem. Wahrscheinlich hat die Verkäuferin einen reichen Mann mit einer Riesenwohnung, und auch die Mütter auf dem Spielplatz haben Riesenwohnungen. Ich aber habe wegen der Sternchenwiege das Geschirr aus den Wohnzimmerschränken in die Küche stellen müssen. Mit der ein mal ein Meter großen Sternchenwiege kann ich die Schranktüren nämlich nicht mehr öffnen. Ich kann auch nicht mehr auf der Couch sitzen und fernsehen, immer ist eine Ecke der Sternchenwiege im Weg. Doch ich sehe sowieso nicht mehr fern, denn das Kind schreit so laut, dass ich nichts hören kann von dem, was sie sagen. Jedenfalls hat das Kind auch in der Sternchenwiege weiter geschrien, und da habe ich es zurück in den Autositz gesetzt, und ich hatte schon diese Idee. Weil ich jedoch froh war, dass beide Männer erst einmal weg waren, habe ich es irgendwie überstanden, dass das Kind fünfzehn Stunden lang geschrien hat. Ich habe es zweimal gefüttert in den fünfzehn Stunden, es hat geschluckt und weiter geschrien. Und endlich hat es drei Stunden geschlafen, und da habe auch ich schlafen können.

Ich liege also auf dem Bett und habe das Gefühl, dass ich gleich einschlafe, wenn das Kind nur noch für eine halbe Stunde Ruhe gibt. Mit einem Mann im Bett könnte ich besser einschlafen. Ich vermisse die Männer, zumindest den, den ich weggeschickt habe. Der versucht, das erste Kind zurückzubekommen. Einmal hat er mich deshalb um eine Unterschrift gebeten. Ich habe ihm die Unterschrift nicht gegeben. Ich will nicht, dass er das erste Kind findet. Ich will das erste Kind nicht wiedersehen, bis nicht dieser Schalter verschwunden ist. Ich habe also das Gefühl, dass ich gleich einschlafe, und trinke einen kleinen Schluck, damit ich das Kind im Wohnzimmer vergessen kann. Nur einen kleinen Schluck, ich trinke nie viel. Ich habe auch fast nichts getrunken, als ich schwanger war und gestillt habe, nur manchmal einen Sekt zum Anstoßen, wenn was Schönes passiert ist, wie die Sache mit dem Teppich. Ich trinke also einen Schluck und versuche, nicht an das Kind und die beiden Männer zu denken, weil ich dann nicht einschlafen kann. Stattdessen denke ich an meine Großmutter, wie die gestorben ist und wie schön die Beerdigung war. Dann denke ich an die Verkäuferin aus dem Babygeschäft, was die für ein Leben hat mit ihrem reichen Mann in ihrer Riesenwohnung. Beides funktioniert nicht. Ich versuche, an die neuen Eltern des ersten Kindes zu denken, wie glücklich die jetzt darüber sind, dass sie endlich ein Kind haben, sogar eins, das nie schreit, höchstens wenn es Hunger hat, und auch dann nur selten. Ich nehme noch einen Schluck. In diesem Moment beginnt das Kind leise zu jammern, dann höre ich es immer lauter schreien, und plötzlich gibt es einen Knall. Ich springe auf und renne ins Wohnzimmer. Dort liegt der Autositz mit dem Kind darin auf der Seite, das Kind schreit, und seine Arme und Beine zappeln wie die Beine eines umgekippten Käfers, und jeden Moment kann der Autositz ganz umfallen, so dass das Kind mit dem Kopf auf den Boden stürzt. Es ist so, dass ich das Kind im Autositz festschnallen muss, denn einmal, als ich mit dem Kindsvater im Bett lag, ist es in die Küche gekrabbelt, hat dort ein paar Teller zerschlagen und sich an den Scherben geschnitten. Das Kind zappelt und schreit also. Und ich habe seit zwei Wochen nicht mehr richtig geschlafen. Meine Augen sind fast nicht mehr da. Das ist ein Gefühl, als hätte man dort, wo sonst die Augen sind, Steine im Gesicht. Ich nehme den Autositz mit dem Kind und trage ihn in die Küche. Ich stelle ihn auf den Küchenboden und halte ihn mit einem Fuß fest, damit das Kind sich nicht wieder drehen kann. Ich zerdrücke mit dem Glitzermesser ein paar Tabletten auf dem Küchentisch und schiebe das weiße Pulver in die Schnabeltasse des Kindes. Ich fülle sie mit Wasser auf, gebe ein bisschen Erdbeersirup dazu und rühre alles gut um. Ich gebe dem Kind die Schnabeltasse. Erst will es nicht trinken. Dann trinkt es doch. Es hustet. Es trinkt weiter. Ich lasse es trinken, bis die Tasse leer ist. Dann stelle ich den Autositz wieder ins Wohnzimmer. Plötzlich wird das Kind ganz ruhig. Ich lege mich ins Bett und wünsche mir den Mann, den ich weggeschickt habe, neben mich. Und ich wünsche mir das erste Kind dazu. Ich stelle mir vor, wie wir uns zu dritt im Bett räkeln, wie wir uns in die Seiten kneifen und im Nacken kraulen und Eskimoküsse geben und wie wir kichern, weil es für uns drei so eng ist in meinem kleinen Bett, und ich stelle mir vor, wie wir alle zusammen einschlafen und schlafen, bis es Morgen wird.

Es gab keine Zeit für Heimaturlaub

Das Manöver sollte um neunzehn Uhr beginnen. Seit fünf Stunden fuhren wir mit dem silbernen Wagen in nordöstlicher Richtung, wir kamen gut voran. Die Straßen waren auf Veranlassung der Heeresleitung geräumt worden, und seitdem hatte es nicht mehr geschneit. Es war warm im Wagen, doch der Major auf der Rückbank hatte sein Barett nicht abgesetzt. Die ersten zwei Stunden hatte er, den Kopf im Nacken, nach oben geatmet, anschließend hatte er, das Kinn auf der Brust, eine knappe Stunde nach unten geschnauft. Nach drei Stunden war er wach genug, um ein Gespräch mit mir anzuknüpfen. Auf seine Frage nach meinem Werdegang erzählte ich, wie ich durch Zufall Kraftfahrer geworden war: Kurz nach meiner Grundausbildung hatten sich alle Soldaten der Fahrbereitschaft gesträubt, einen launischen Leutnant abends von der Kaserne in die Stadt und einige Stunden später zurück zur Kaserne zu bringen. Niemand hatte die Verstimmung des Leutnants ertragen wollen, wenn er zur Sperrstunde ein Lokal verlassen musste. Ich tat meinen Dienst eigentlich in der amphibischen Pioniereinheit, erklärte mich aber trotzdem bereit, es als Fahrer des Leutnants zu versuchen. Seine Beschimpfungen hatten mir nichts anhaben können, denn sie waren nicht heftiger als der Umgangston zwischen meinem Vater und mir. Seitdem war ich der ständige Fahrer des Leutnants, und als er in die Reserve versetzt wurde, hatte der Kraftfahrzeuggruppenführer bereits vergessen, dass ich ursprünglich ein amphibischer Pionier gewesen war. Obwohl ich mich an die erste Fahrt mit dem launischen Leutnant lebhaft erinnerte, war ich mir plötzlich nicht mehr sicher, ob die Episode aus meinem Leben stammte oder ob es sich nicht vielmehr um eine Geschichte handelte, die mir mein Vater erzählt hatte, aber das verschwieg ich dem Major.

Der Major hörte mir geduldig zu und sagte dann unvermittelt, er wolle dafür sorgen, dass ich zu meiner Stammeinheit zurückkehre. Es sei nicht rechtens, seinen Dienst in einer falschen Einheit zu versehen. Ich erwiderte, dass ich gern als Kraftfahrer arbeitete, und bat ihn, keine Meldung zu machen. Der Major lachte, sein Atem fuhr mir in den Hemdkragen, und ich begriff, dass seine Bemerkung nur ein Scherz gewesen war. Nach dem Scherz des Majors hatte ich Interesse daran, seinen Werdegang ebenfalls zu erfahren, doch ich wollte ihm nicht zu nahe treten.

Schweigend fuhren wir durch verschneite Wälder, wir kamen gut voran. Ich stellte mir vor, wie ich selbst vom Straßenrand aus den silbernen Wagen bewunderte, der so schnell an mir vorbeiraste, dass er nur einmal aufblitzte, ehe er in der nächsten Kurve verschwand. Der Major bat mich, das Radio einzuschalten. Eine halbe Stunde lang wurde Musik gespielt, dann kamen Nachrichten. Nach dem Wetterbericht war plötzlich von den Einzelheiten des Manövers und der bedeutenden Rolle des Majors die Rede. Sofort drehte ich das Radio aus. Der Major beschwerte sich darüber, aber ich erklärte ihm, dass ich an einem Manöver zum ersten Mal in einer so wichtigen Position beteiligt sei und die Meldungen im Radio mich daher beunruhigten. Der Major fragte, welche Meldungen ich meinte, und forderte mich erneut auf, das Radio einzuschalten. Ich leistete seinem Befehl Folge. Wieder wurde über das Manöver gesprochen, diesmal wurde der leitende Oberstleutnant über die Einsatzbefehle der Teileinheiten interviewt. Ich erklärte dem Major, dass ich dieses Gespräch nicht ertragen könne, und bat ihn, ohne Radio weiterfahren zu dürfen. Widerwillig erlaubte er es mir und wies mich auf den schlechten Zustand der Straßen und meine hohe Geschwindigkeit hin. Ich erinnerte ihn daran, dass sämtliche Straßen im Land auf Veranlassung der Heeresleitung geräumt worden waren, und versicherte ihm, dass ich als Kraftfahrer über eine fast sechsjährige Erfahrung verfügte und den Wagen so gut beherrschte wie er seine Kampfeinheiten. Ich zeigte dabei auf die Tachonadel, damit er sah, dass ich die Höchstgeschwindigkeit genau einhielt. Der Major antwortete nicht. Vielleicht erwartete er von einem Kraftfahrer mehr Respekt.

Während ich verstohlen seine verschlossene Miene im Rückspiegel beobachtete, überkam mich die Vorstellung, dass er sich in meinen Vater verwandeln könnte. Immer wieder sah ich im Rückspiegel Gesichtsteile meines Vaters auftauchen: Die Nase des Majors verwuchs sich zu der schmalen Nase meines Vaters, die Augen des Majors kniffen sich zu den kleinen Augen meines Vaters zusammen, der Mund des Majors zitterte wütend wie der Mund meines Vaters. Seit Beginn meiner Dienstzeit hatte ich meine Eltern nicht mehr besucht, weil mein Einsatz als Kraftfahrer die ständige Bereitschaft in der Kaserne erforderte. Ich dachte zwar oft an meine Eltern, war aber dennoch froh, meinem Elternhaus vor sechs Jahren den Rücken gekehrt zu haben, und ich wollte meinem Vater gerade heute auf keinen Fall begegnen. Ich hielt am Straßenrand und bat den Major, auf den Beifahrersitz zu wechseln, damit ich seine Gesichtszüge besser kontrollieren konnte. Er schien etwas einwenden zu wollen, merkte jedoch, dass ich keinen Widerspruch dulden würde. Von meinem Platz aus verfolgte ich, wie der Major aus dem Wagen stieg. Ehe er die Beifahrertür öffnete, zögerte er einen Moment, als wollte er fliehen, aber er schien schnell einzusehen, dass er von dieser Position und ohne Funkausrüstung den Truppenübungsplatz unmöglich rechtzeitig erreichen würde. Er setzte sich neben mich, und ich gab Gas, ich überschritt die zulässige Höchstgeschwindigkeit, um die Verzögerung auszugleichen, die durch den kurzen Halt entstanden war. Die weißen Wälder und die verschneiten Felder zogen schneller an uns vorbei als zuvor, wir kamen gut voran.

Gerade hatten wir ein verschneites Waldstück verlassen und fuhren in offenes Gelände, vorbei an weiß bedeckten Feldern, als die Züge des Majors sich verzerrten und mein Vater mich darauf hinwies, dass ich ihn behandelte wie einen Befehlsempfänger und das nicht ohne Folgen für mich bleiben werde. Ich ärgerte mich, dass er das Gespräch wie immer mit einem Vorwurf eröffnete und mich noch dazu während der wichtigsten Fahrt in meiner militärischen Laufbahn störte, doch ich wagte nicht, anzuhalten und ihn aus dem Wagen zu werfen. Von unseren früheren Kämpfen wusste ich, dass er mir körperlich überlegen war, und ich war mir nicht sicher, ob ich durch die wöchentlichen Sporteinheiten beim Militär stark genug geworden war, um ihn zu besiegen. Ich fragte mich, wo meine Mutter sich aufhielt, mein Vater erschien nirgends ohne sie. Ich bekam Angst, dass sie gestorben sein könnte, wollte jedoch meinen Vater nicht nach ihr fragen. Stattdessen erkundigte ich mich nach seiner Tochter, meiner Schwester, und nach seinen Enkelkindern, meinen Nichten und Neffen. Ob sie in der Schule noch immer hervorragende Noten erhielten, fragte ich, und wie es mit dem Geigenspiel der Jüngsten vorangehe. Mich interessierten seine Antworten nicht, gleichzeitig wollte ich ihn nicht provozieren, indem ich so hartnäckig schwieg, wie ich es früher immer getan hatte. Mein Vater reagierte nicht auf meine Fragen, also verstummte auch ich nach einer Weile. Schweigend fuhren wir durch die verschneite Landschaft, als mein Vater plötzlich zum Mikrofon griff. Er ließ eine Verbindung zum leitenden Oberstleutnant herstellen, ihm teilte er unsere Ankunftszeit mit und ordnete an, dass bei unserem Eintreffen sofort eine Einheit amphibischer Pioniere und ein Sanitätstrupp bereitstehen sollten. Es passte zu meinem Vater, dass er erwartete, von einer ganzen Einheit empfangen zu werden. Während ich die Geschwindigkeit weiter erhöhte, musterte ich ihn heimlich. Sein Gesicht sah schmaler und spitzer aus als sonst, er schien sichtlich gealtert, doch vielleicht lag es nur an der Form des Baretts, das er auf seinem Kopf trug. Ich dachte darüber nach, mit ihm über unsere letzten gemeinsamen Jahre auf dem Hof zu reden oder ihn nach unserem Abschied vor sechs Jahren zu fragen, aber ich wollte ihm keine Fragen stellen, sondern die Antworten einfach erfahren, und so schwieg ich und wartete ab.

Kurze Zeit später tauchte auf der Rückbank des Wagens eine weitere Person auf. An der Art, wie sie ihre Finger um den Griff über der Tür klammerte und ängstlich die Tachonadel fixierte, erkannte ich, dass es sich um meine Mutter handeln musste. Als sich unsere Blicke im Rückspiegel trafen, lächelte ich ihr zu. Meine Mutter fragte mich, wie es mir in den letzten sechs Jahren ergangen sei. Ich erzählte ihr von der amphibischen Pioniereinheit und dem Zufall, durch den ich Kraftfahrer geworden war. Gleichzeitig räumte ich ein, dass ich nicht sicher sei, ob die Episode aus meinem Leben stammte oder ob es sich nicht vielmehr um eine Geschichte aus der Militärzeit meines Vaters handelte. Meine Mutter lachte befremdet und bat mich, nicht wieder damit zu beginnen. Nach einer Weile fragte sie mich so leise, dass mein Vater es nicht hören konnte, warum ich mich in den letzten sechs Jahren nicht bei ihr gemeldet hätte. Wenigstens Briefe hätte ich gelegentlich schreiben können, wisperte sie. Die Briefe fielen zuerst meinem Vater in die Hände, erklärte ich flüsternd, außerdem lachten meine Kameraden über mich, wenn ich abends Briefe schriebe, und Zeit für Heimaturlaub gäbe es nicht. Meine Mutter raunte mir zu, dass mein Vater regelmäßig mit dem Kraftfahrzeuggruppenführer telefoniere, um sich über meine Entwicklung zu informieren. Ich wollte mehr über die Anrufe meines Vaters und die Antworten des Kraftfahrzeuggruppenführers erfahren, doch mein Vater schien meine Worte gehört zu haben und brachte mich mit einer Geste zum Schweigen. Er forderte mich auf, schneller zu fahren, weil er bald am Truppenübungsplatz eintreffen wolle. Man erwarte uns dort schon, erklärte er, es klang ängstlich und pflichtbewusst zugleich. Wie immer konnte ich seine Gefühle nicht deuten und tat das, was er mir sagte: Ich schaute auf den Begrenzungsstreifen und gab Gas. Immer weiter erhöhte ich die Geschwindigkeit, wir kamen gut voran. Am Straßenrand liefen Zivilisten, sicher bewunderten sie den silbernen Wagen, der so schnell an ihnen vorbeiraste, dass er nur einmal aufblitzte, ehe er in der nächsten Kurve verschwand.

Wir erreichten den Truppenübungsplatz um siebzehn Uhr, zwei Stunden vor Beginn des Manövers. Wie von meinem Vater bestellt, warteten rings um die Einfahrt die Soldaten meiner früheren Einheit, einige trugen ihre Sturmgewehre über der Schulter. Auch der Sanitätstrupp war angetreten. Die Sanitäter schienen zu meinem Wagen laufen zu wollen, wurden jedoch von einem Feldwebel der amphibischen Pioniereinheit zurückgehalten. Als ich aus dem Wagen stieg, merkte ich, wie steif mein Körper von der siebenstündigen Autofahrt geworden war. Mit einer flüchtigen Handbewegung grüßte ich meine früheren Kameraden, dann schüttelte ich Arme und Beine aus. Ich wollte den Kofferraum öffnen, um meine Feldjacke überzuziehen, als der amphibische Feldwebel auf mich zutrat und mir erklärte, dass er mich unverzüglich zum leitenden Oberstleutnant bringen müsse. Ich erwiderte, dass ich mich zuvor um die Reinigung des Wagens kümmern wolle. Der amphibische Feldwebel umschloss mit festem Griff meinen Arm und zog mich vom Wagen fort. Es war empfindlich kalt, Schnee begann, in schweren Flocken zu fallen. Obwohl ich fror, weil ich meine Jacke noch nicht angezogen hatte, wehrte ich mich nicht. Die anderen Soldaten der amphibischen Pioniereinheit beobachteten, wie der amphibische Feldwebel mich über den Truppenübungsplatz führte. Dicke Flocken sammelten sich in meinen Haaren und auf meinen Schultern, selbst in meinen Wimpern landeten ein paar. Ich entfernte mich immer weiter von dem Wagen, der mit offenem Kofferraum in der Mitte des Platzes stand. Als ich mich noch einmal umschaute, sah ich, wie eine Person den Wagen verließ, ich sah, wie die Sanitäter auf diese Person zuliefen, wie sie ihre Trage auf den Boden stellten und der Person eine Decke und eine Tasse dampfenden

Tee anboten, aber die Person stieß die Sanitäter zur Seite. Ich konnte nicht erkennen, wer die Sanitäter so unfreundlich behandelte, und erkundigte mich bei dem amphibischen Feldwebel danach. Er antwortete nicht auf meine Frage, dennoch hatte ich eine Vermutung.

Aufnahmeuntersuchung

Der Geldbeutel ist aus Schweinsleder. Mit einem Druckknopf auf einer dreieckigen Lasche kann man ihn öffnen und schließen. Der Schweinsledergeldbeutel liegt auf weißen Haaren, er liegt auf fahler Haut. „Nein, den gebe ich Ihnen nicht“, sagt eine brüchige Stimme. Wenn ich fachfremde Vermutungen anstellen dürfte, würde ich vermuten, dass der Geldbeutel und sein Besitzer schon die Weltwirtschaftskrise erlebt haben, vielleicht sogar gemeinsam. Fachfremde Vermutungen sind mir während der Aufnahmeuntersuchungen jedoch verboten. „Konzentrieren Sie sich auf das Wesentliche“, hat man mir gesagt. Ich konzentriere mich.

Ich ziehe einen langen Blutfaden in die Spritze. Ich ziehe das Blut aus dem linken Arm des alten Mannes, an seinem linken Arm habe ich auch den Blutdruck gemessen. Der alte Mann ist wegen Atemnot und Schmerzen in der Brust gekommen, er scheint hohes Fieber zu haben, und aufgrund seines schnellen Atmens vermute ich, dass er an einer Lungenentzündung erkrankt ist. Als er das Untersuchungszimmer betreten hat, habe ich ihn gebeten, Ober- und Unterhemd auszuziehen. Wenig später saß der alte Mann in Hosen und Schuhen auf der Untersuchungsliege, die Schnüre des Geldbeutels neben den dunkelbraunen Brustwarzen, den Geldbeutel auf der blassen Haut. „Bitte nehmen Sie auch den Geldbeutel ab“, bat ich ihn. „Nein“, erwiderte der alte Mann. Er schaute mehrmals nach rechts, ohne seinen Kopf zu bewegen, dann hustete er heftig. „Bewahren Sie darin etwas Geheimnisvolles auf, das Sie nicht aus den Augen lassen dürfen?“, fragte ich lachend. Der alte Mann griff mit seiner rechten Hand nach dem Geldbeutel und presste ihn gegen seine Brust, er zog die Schultern hoch, er drückte die Füße fester gegen den Fußboden, er knirschte mit den Zähnen, durch sein schnelles Atmen ein fast unhörbares Geräusch. „Es wäre aber einfacher“, sagte ich. Seitdem schweigt der alte Mann und lässt den Geldbeutel nicht mehr los. Ich klebe ein Pflaster über die Einstichstelle, dem alten Mann wachsen auch auf den Innenseiten der Arme weiße Haare, so dass es später beim Abreißen ziepen wird. Ich schließe die Schublade des Blutprobenschränkchens so leise, als würde der alte Mann schlafen und ich dürfte ihn dabei nicht stören. „Sie träumen zu viel“, hat man mir gesagt, „die Aufnahmeuntersuchungen verlangen höchste Konzentration, zackzackzack muss das gehen, einer nach dem anderen, nicht dass uns jemand wegstirbt, ehe wir überhaupt feststellen können warum.“ Noch eine langsame Schicht, und ich bekomme eine Abmahnung.

Ich weiß nicht, was sich in dem Geldbeutel befindet. Wenn ich fachfremde Vermutungen anstellen dürfte, würde ich vermuten, dass der alte Mann darin seinen Personalausweis aufbewahrt und ein Bild seiner Enkelin, dazu um die tausend Mark in bar und ein Rezept für blutverdünnende Medikamente, das schon lange abgelaufen ist und das er niemals vermisst hat. Ich vermute drei kleine Taschen im Innern des Geldbeutels, zwei mit Reißverschluss verschließbar und eine mit einem weiteren Druckknopf. In einer der Reißverschlusstaschen, vermute ich, ist ein geheimes viertes Fach, in diesem Fach steckt die Fotografie der Enkelin, und die Finger des alten Mannes sind mit den Jahren zu ungeschickt geworden, um dieses Bild aus dem Fach zu ziehen.

Das Herz des alten Mannes rast, als ich ihn mit dem Stethoskop abhorche. Ich versuche, mich auf die Atemgeräusche zu konzentrieren. „Atmen Sie tief ein und aus“, sage ich, „und jetzt halten Sie die Luft an.“ Sein Herz läuft in einer unmöglichen Geschwindigkeit davon. Ich kann in die Aufnahmekarte keine Diagnose eintragen, außer seinem Herzschlag habe ich nichts gehört, keine Nebengeräusche, kein Knistern, kein Rasseln. Meine Aufnahmekarten weisen immer fehlende Werte auf, Herz- und Pulsfrequenzen oder Pupillengrößen, selbst das Körpergewicht kann ich manchmal nicht messen. „Bitte“, sage ich, „es wäre wirklich einfacher“, doch ich sage es leise, vielleicht hört der alte Mann es gar nicht. Als ich ihn bitte, mir zum Röntgenapparat zu folgen, richtet er sich erstaunlich schnell auf, anscheinend beschwerdefrei. Ich notiere das in der Aufnahmekarte. Ich notiere Besonderheiten, ich konzentriere mich auf Auffälligkeiten. „Patient erstaunlich mobil“, schreibe ich, und ich denke dabei, dass man einfach ein „im-“ ergänzen könnte, wenn sich am Zustand des alten Mannes etwas ändern sollte: „Patient erstaunlich immobil“. Auf dem Weg zum Röntgenapparat stößt der alte Mann versehentlich gegen das Blutprobenschränkchen, die metallenen Schubladen erzeugen ein Geräusch wie Besteck, das laut gegeneinanderschlägt. Er sagt: „Verzeihung“, dann hustet er rasselnd, und ich tue so, als hätte ich sein Missgeschick nicht bemerkt.

Ich weiß, dass durch die Druckknöpfe des Geldbeutels das Röntgenbild unkenntlich sein wird. Ich positioniere das Röntgengerät über dem alten Mann, es geht um Lunge und Luftröhre. Wir haben hier häufig auch Knie- oder Magenprobleme, bei Frauen eher Hüftbeschwerden. Lunge und Luftröhre sind selten, und während ich den Apparat fixiere, umklammert der alte Mann den Schweinsledergeldbeutel. In diesem Moment fällt mir der Ring an seiner rechten Hand auf, wenigstens den sollte ich vorher entfernen. In wenigen Minuten werde ich eine Abmahnung bekommen.

Als ich das Röntgengerät einschalten will, betritt die Chefärztin den Untersuchungsraum. „Halt!“, ruft sie, meine Hand zuckt zurück, und der alte Mann erschrickt, als gelte die Ermahnung auch ihm. „Röntgen Sie schon wieder, ohne nachzudenken?“ Ich schweige, denn ich habe mir noch keine Entschuldigung dafür ausgedacht, dass ich den Geldbeutel nicht entfernt habe. „Was soll das werden?“, fragt die Chefärztin. „Thoraxröntgen“, erwidere ich möglichst teilnahmslos, so als absolvierte ich gerade meine Abschlussprüfung. „Das funktioniert doch nicht! Haben Sie überhaupt schon auskultiert?“ Ich wende dem alten Mann den Rücken zu und nicke. „Und?“ – „Rasselgeräusche“, sage ich leise, auch wenn ich nichts dergleichen gehört habe. Ich wünsche mir eine typische Pneumonie. „Blut abgenommen? Vorgesehen für die stationäre Behandlung?“, fragt die Chefärztin weiter. „Ja“, erwidere ich, „jaja“, und reiche ihr die Aufnahmekarte. Der alte Mann auf der Röntgenliege hat die Augen geschlossen, flüsternd bewegt er seine Lippen, vielleicht schimpft auch er auf die Chefärztin. Als sie meine Notizen überflogen hat, berührt sie beruhigend den rechten Oberarm des alten Mannes. „Das Portmonee brauchen wir jetzt nicht“, sagt sie. Ohne seinen Widerspruch zu beachten, zieht sie die Schnüre des Geldbeutels über seinen Kopf und legt den Geldbeutel auf den Schreibtisch, dann entfernt sie den Ring von seiner rechten Hand und platziert ihn neben dem Geldbeutel. „Jetzt mal los", fordert sie mich auf. Wieder hustet der alte Mann krachend. Ich frage mich, warum die Chefärztin den Raum nicht verlässt. Wenn ich könnte, würde ich sofort ins Chefarztzimmer gehen. Ich fixiere den Röntgenapparat erneut, meine Hände zittern, aber darauf achte ich nicht. Stattdessen beobachte ich die Hände des alten Mannes, er kneift sich mit Daumen und Zeigefinger in seine Oberschenkel, seine Fingernägel sind ungewöhnlich lang, ich sehe, wie rote Punkte entstehen, dann rote Flecken, darauf weiße Punkte, die sich kurz darauf dunkelrot färben.

Später laufe ich ins Chefarztzimmer, um mir die Abmahnung zu holen. Sie ist auf DIN-A5-Papier ausgedruckt, eine der langen Seiten ist schief abgeschnitten und am Ende eingerissen. Ich lege den Zettel in das oberste Fach meines Spinds und frage mich, ob er wie ein Puzzlestück an die Abmahnung passt, die ich letzten Monat bekommen habe. Schnell schließe ich den Spind wieder, die nächste Aufnahmeuntersuchung wartet schon. Ich laufe zurück zum Untersuchungszimmer, und selbst die Putzfrau in ihrem hellgrünen Kittel scheint mich zur Eile anzutreiben, sie schlägt den Schrubber in der Regelmäßigkeit von Herzschlägen gegen die Scheuerleiste, immer und immer wieder, als wäre es am Rand des Gangs besonders dreckig.

Ein Hamster schlägt gegen die Wand

Ein Hamster schlägt gegen die Wand, eine Frau verlässt eine Wohnung. Was ist passiert. Ein Kind wimmert auf einem Balkon, ein Mann hält eine Plastiktüte in der Hand. Was ist passiert. Ein Winter steht vor der Tür, eine Möbelgarnitur muss in den Keller. Was ist passiert, was ist passiert.

Wildlebende Hamster verbringen einen großen Teil ihrer Zeit damit, Futter aufzuspüren und zusammenzusuchen. Versteck das Trockenfutter deshalb in Heubergen, Eierkartons und Pappröhren. Buddeln und Scharren gehören zu den natürlichen Beschäftigungen des Hamsters. Gib deinem Hamster die Möglichkeit, in dicker Einstreu zu buddeln und Sand aus einer Schale zu scharren. Hamster leben durchschnittlich zwei bis vier Jahre. Deiner ist schon eher gestorben. Sei nicht traurig. Das heißt nicht, dass du ihn nicht gut gepflegt hast. Du hast nichts falsch gemacht: Du hast dich immer um Einstreu und Eierkartons gekümmert. Bestimmt kaufen deine Eltern dir einen neuen Hamster. Du kannst sie später fragen, wenn sie sich wieder versöhnt haben.

Verlässt die Frau die Wohnung, weil der Hamster gegen die Wand schlägt? Ja! Verlässt die Frau die Wohnung, weil das Kind wimmert? Ja! Verlässt die Frau die Wohnung, weil der Mann die Plastiktüte in der Hand hält? Ja! Verlässt die Frau die Wohnung, weil der Winter vor der Tür steht? Nein! Der Nächste ist an der Reihe.

Eine Balkontür steht offen, ein Balkon trägt die letzten Blumenkästen des Hauses. Es ist kühl auf dem Balkon und dunkel. Der Winter steht vor der Tür, das sagt man so. Die Frau nickt dem Winter an der Tür kurz zu, läuft durch das enge Treppenhaus hinunter auf die Straße und schaut von dort ein letztes Mal nach oben. Ein Neubaubalkon mit drei Plastikstühlen und einem Plastiktisch, der letzten Plastikmöbelgarnitur des Hauses. Denn der Winter steht vor der Tür, man sagt das und bringt die Plastikmöbel und die Blumenkästen in den Keller, deckt sie mit einer Plastikplane zu und wartet, bis der Sommer vor der Tür steht oder zumindest der Frühling. Aber noch ist es Spätherbst, der Mann und das Kind stehen neben den Plastikmöbeln auf dem Balkon, sie bewegen sich kaum, sie frieren. Das Kind weint, der Mann hält eine kleine Plastiktüte in der Hand, er weiß nicht, wie er das Kind trösten kann, er weiß nicht, was er mit der kleinen Plastiktüte tun soll, er schweigt. Ungeduldig schlägt er die Plastiktüte wie einen Tennisschläger gegen sein Bein, bis ihm bewusst wird, was sich in der Tüte befindet. Sofort hält er im Schlagen inne. Das Kind fragt: „Was passiert jetzt mit dem Hamster?“ – „Er ist tot“, erklärt der Mann. „Und was passiert da mit ihm?“, wiederholt das Kind. Es wischt sich Tränen von der Wange und Rotz von der Oberlippe, dann reibt es seine Hand an der Hose sauber. Bis vor wenigen Minuten hat die Frau noch die Hand des Kindes gehalten. Doch die Frau ist nicht mehr da, und der Mann hält schon die Plastiktüte. „Mir ist schlecht“, schluchzt das Kind. „Das bildest du dir ein“, sagt der Mann. „Wie geht es nun weiter, ohne Mama?“, fragt das Kind. Der Mann antwortet nicht. Die Frau läuft längst um eine weit entfernte Häuserecke. Sie hat eine Schwester, bei der sie Unterschlupf findet, nach Hamstertoden, nach anderen Toden. Sie hat eine Schwester, die sie regelmäßig besucht.

Hier hast du eine Nähanleitung für einen Plüschhamster: Es ist der Grundschnitt für einen einfarbigen Mittelhamster. Mit dem Plüschhamster kannst du immer kuscheln. Du kannst ihn deinen Freunden zeigen, denn er versteckt sich nicht vor Geräuschen. Mit seinen Filzpfötchen und den Sicherheitsknopfaugen sieht er sehr niedlich aus. Schneide die Hamsterbestandteile sorgfältig aus, wie du es im Handarbeitsunterricht gelernt hast. Dort hast du immer so schön aufgepasst. Wein jetzt nicht mehr, sonst siehst du die Markierungen zum Ausschneiden nicht. Die Nase musst du sticken. Lass dir von jemandem helfen, wenn ihr das Sticken noch nicht durchgenommen habt. Es hat sich übrigens bewährt, die Ohren erst anzunähen, wenn der Plüschhamster schon ausgestopft ist.

Die Frau hat vor anderthalb Jahren gesagt: „Einen Hamster braucht das Kind nicht, einen Hamster möchte ich nicht, ein Hamster verursacht Dreck und kostet Geld, ein Hamster stirbt irgendwann, ein toter Hamster wird das Kind untröstlich machen." Der Mann hat nicht auf die Frau gehört und einen Hamster gekauft. Nun hat der Mann die Rechnung dafür, das sagt man so. Die Rechnung hält er in der Hand: Die Plastiktüte ist seine Rechnung. Der Hamster hat Backentaschenprobleme bekommen, der Hamster hat eine Augenverletzung bekommen, der Hamster hat seine Aktivität verloren. Die Augenverletzung ist gewachsen, vereitert, verschorft.

Befindet sich der Hamster in der Plastiktüte? Ja! Wird der Hamster gegen die Balkonwand geschlagen? Ja! Schlägt der Mann den Hamster in der Plastiktüte gegen die Balkonwand? Ja! Warum tut er das? Warum-Frage! Der Nächste ist an der Reihe.

Der Balkon mit den weißen Plastikmöbeln, den grünen Blumenkästen, dem Käfig mit dem kranken Hamster. Die Plastiktüte, der Mann, die Frau, das Kind. Kühl ist es auf dem Balkon und dunkel. Die Frau mit den Worten: „Ich habe es gleich gesagt." Der Mann mit den Worten: „Er hat doch fast zwei Jahre gelebt." Das Kind mit den Worten: „Er hätte vier Jahre alt werden können." Der Mann mit der Plastiktüte in der linken Hand, der Mann mit dem Hamster in der rechten Hand. Die Pfötchen des Hamsters rascheln in der Plastiktüte wie Laub. Die Frau nimmt die Hand des Kindes, ein erstes, heiseres Wimmern, die Frau mit leisen Worten zum Kind: „Der Papa tut nur so." Die Frau mit lauten Worten zum Mann: „Das bringst du nicht übers Herz." Der Winter steht vor der Tür, das sagt man so. Die Frau mit den Worten: „Wenn du das übers Herz bringst, bringst du noch viel schlimmere Dinge übers Herz." Morgen kommen die Plastikmöbel in den Keller, sie werden mit einer Plastikplane zugedeckt, bis der Sommer beginnt oder zumindest der Frühling. Die Frau mit den Worten: „Wenn du das übers Herz bringst, bin ich weg." Die Blumenkästen werden aus ihren Halterungen genommen und unter die Sitzflächen der Plastikstühle geschoben. Der Mann mit den Worten: „Hast du eine bessere Idee?" Der Mann holt aus. Die Frau schreit auf. Der Hamster schlägt gegen die Wand, die Frau verlässt die Wohnung. Das ist passiert.

Sei nicht traurig, wenn dein Hamster schon nach anderthalb Jahren stirbt. Du hast nichts falsch gemacht: Du hast dich immer um Einstreu und Eierkartons gekümmert. Vielleicht kaufen deine Eltern dir einen neuen Hamster. Du kannst sie später fragen, wenn sie sich wieder versöhnt haben. Nun darfst du erst einmal die ganze Nacht wach bleiben und weinen. Morgen musst du nicht in die Schule gehen. Stattdessen darfst du auf dem Hof ein kleines Grab für deinen Hamster ausheben. Ich gebe dir dafür eine Plastikschaufel. Wenn der Boden schon gefroren ist, lass dir von deiner Mutter helfen. Hier hast du eine Nähanleitung für eine Plüschmutter. Im Handarbeitsunterricht hast du immer so schön gelernt. Eine Mutter anzufertigen, dauert allerdings etwas länger, als einen Hamster zu nähen.

Sonnengötter

Ich habe mich im Flur verbarrikadiert. Ich habe den großen Schrank aus dem Wohnzimmer vor die Haustür geschoben. Mein Mann hat mir dabei zugeschaut und im letzten Moment das Haus verlassen. Wahrscheinlich ist er im Garten bei seinen kaputten Skulpturen, er will sie sicher reparieren oder wenigstens ihre Reste einpacken, um zu Hause weiterbasteln zu können. Ich lehne mit dem Rücken an der Wand zur Küche und verfolge in der Stille meinen Herzschlag. Den ganzen Tag sind sie in ihrem regennassen Wagen nicht aufgetaucht. Ich bin sicher, dass sie heute Nacht angreifen werden.

Die Familie kam zum ersten Mal vor vier Tagen und schickte das Kind in den Garten unseres Ferienhauses. Ich legte mein Buch in den Schoß und beobachtete das Kind vom Sonnenstuhl aus. „Ein schönes Haus“, murmelte es vor sich hin, während es sich langsam dem Haus und meinem Sonnenstuhl näherte, „ein sehr schönes Haus.“ Es war ein Kind von der undefinierbaren Sorte, mit kurzen Haaren und einer blauen Latzhose und einem Ohrring im linken Ohrläppchen, nichts an ihm deutete auf ein Geschlecht hin. Um seinen Hals baumelte eine riesige Kamera, fast so groß wie sein Kopf. „Du hast ein schönes Haus“, sagte es laut und schoss ein Foto von mir. Es klickte laut in dem alten Apparat, dann kam ein Polaroidbild heraus, das das Kind in die Brusttasche seiner Latzhose steckte. „Ich bin eine

Erwachsene, du solltest mich siezen“, sagte ich, „und bevor du mich fotografierst, solltest du mich fragen, ob ich etwas dagegen habe.“ – „Mama hat gesagt, ich soll vorher nicht fragen.“ Ich sah mich um, konnte die Mutter des Kindes jedoch nicht entdecken. „Und wo ist deine Mama?“, fragte ich mit einer aufgesetzten Kinderstimme. „Im Auto.“ – „Was wollt ihr hier?“, fragte ich strenger. „Unser Ferienhaus ist nicht so schön.“ Ich nahm mein Buch wieder zur Hand, das Papier hatte sich durch den Film aus Schweiß und Sonnencreme auf meinen Oberschenkeln etwas gewellt. Seitdem wir in Norwegen waren, musste ich zur Mittagszeit meinen Sonnenstuhl in den Schatten eines Apfelbaums ziehen, und schon am Morgen brannte die Sonne so heftig, dass ich mich mit Sonnenmilch eincremte. Wenn wir allerdings ins Auto stiegen und unser Grundstück verließen, um uns einen Fjord oder einen Wasserfall anzusehen, begann es sofort zu regnen. Früher hätten wir darüber alle möglichen Theorien erfunden, dass es zwei Klimazonen in Mittelnorwegen gab, eine über unserem Ferienhaus und eine über der restlichen Region, oder dass wir reisende Sonnengötter wären mit dem Segen all unserer göttlichen Brüder auf uns. Dieses Jahr verbrachten wir unseren Urlaub jedoch weitgehend schweigend. „Du hast ein sehr schönes Haus“, wiederholte das Kind und schoss ein weiteres Foto, diesmal von der Haustür. „Meine Mama hat gesagt, ich soll dich fragen, ob du allein hier bist.“ – „Sag deiner Mama, dass sie das nichts angeht“, erwiderte ich ungeduldig. Endlich hopste das Kind mit der großen Kamera um den Hals davon, und ich hörte den Motor eines Wagens starten. Mein Mann war seit dem Morgen im Wald, um mit seinem Norwegermesser von den Bäumen Rindenstücke abzuschälen, aus denen er lächerliche Skulpturen bastelte. Auf der zwanzigstündigen Autofahrt war er zweimal am Steuer eingeschlafen und hatte den Wagen erst im letzten Moment auf die richtige Fahrbahn zurücklenken können. Norwegens Straßen waren fast leer, aber seine wenigen Autofahrer schnell. Als mein Mann mit seinem Rucksack voller Rindenstücke, Tannenzapfen und Pilze an meinem Sonnenstuhl vorbei in unser Ferienhaus lief, hatte ich schon eine lange Hose und einen Pullover über meinen Bikini gezogen, um mich vor den Mücken zu schützen. Ich schlief im Schlafzimmer, er verbrachte die Nacht auf der kurzen Couch im Wohnzimmer.

Vor drei Tagen hörte ich den Motor des Wagens schon, bevor ich das Kind in unserem Garten auftauchen sah. Mein Mann bereitete gerade im Haus das Mittagessen vor, für sich eine Pilzmahlzeit, für mich Kartoffelpüree, weil ich mich weigerte, die Pilze zu essen, die er aus dem Wald mitgebracht hatte. Früher hatten wir uns gemeinsam in die Gefahr einer Lebensmittelvergiftung begeben, und selbst wenn wir nach dem Essen Bauchschmerzen bekamen, hatten wir darüber noch gelacht. Aber eigentlich hatten mir die weichen Pilze aus den skandinavischen Wäldern nie gut geschmeckt. „Mama findet, dass dein Haus viel schöner ist als unseres", sagte das Kind herausfordernd. „Hol mal deine Mama", antwortete ich. Kurz darauf betrat die Mutter den Garten, eine große Frau in Jeans und Regenmantel. „Sie wollen mich sprechen?", fragte sie. Ich setzte mich im Sonnenstuhl auf. „Ihr Kind geht mir auf die Nerven." – „Wissen Sie", die Mutter lachte nervös, sie zog ihren Regenmantel aus und legte ihn über ihren Arm, „über Ihrem Haus scheint die Sonne, während es im restlichen Mittelnorwegen regnet." – „Das ist uns auch schon aufgefallen." – „Wer ist *uns*?", wollte die Mutter wissen. „Meinem Mann und mir“, sagte ich mit einer Kopfbewegung in Richtung Haus. Die Mutter folgte meinem Blick, konnte jedoch meinen Mann im Innern des Hauses nicht ausmachen. „Außerdem ist unser Haus kleiner als Ihres“, stellte sie fest, „wir haben wohl zu spät gebucht.“ – „Mittelnorwegen ist als Reiseziel sehr beliebt, vor allem im Hochsommer“, erklärte ich, ohne die Gereiztheit in meiner Stimme zu verbergen, „man muss schon im November darüber nachdenken, wohin man im Juli fahren möchte.“ Das Kind kam um die Ecke gelaufen und nahm die linke Hand seiner Mutter in den Mund. „Papa sagt, wir fahren jetzt weiter“, nuschelte es mit den großen Fingern zwischen den Zähnen. „Bis bald“, sagte die Mutter zu mir. Ich lehnte mich gerade wieder im Sonnenstuhl zurück, als mein Mann in den Garten trat. „Mittagessen“, sagte er. Beim Essen wollte er wissen, mit wem ich gesprochen hatte. „Mit einer deutschen Familie“, murmelte ich. „Ich habe niemanden gesehen.“ Ich fragte mich, ob er das Kartoffelpüree mit Absicht versalzen hatte. „Du warst ja auch im Haus“, erwiderte ich. Am Nachmittag bastelte mein Mann weiter an seinen Skulpturen und fluchte, wenn er sich mit dem Messer in einen Finger schnitt oder versehentlich ein schweres Stück Holz auf seine nackten Zehen fallen ließ. Früher hatte ich ihm Pflaster geholt und ihn verarztet, dann hatten wir über die oberflächlichen Verletzungen gelacht und uns ausgemalt, welch schwere Krankheiten durch sie verursacht werden konnten, und wenn die Schnitte zu tief waren, hatte ich ein paar Tage lang für meinen Mann abgewaschen und mich über die Lage des nächsten Krankenhauses informiert, halb im Scherz, halb aus wirklicher Besorgnis. Am Abend sahen wir norwegisches Fernsehen, er trank Bier, ich trank Rotwein, und wir zuckten zur gleichen Zeit zusammen, wenn im Fernsehen plötzlich jemand laut sprach oder ein Schuss fiel.

Ich beginne zu zittern, denn plötzlich nähert sich ein Wagen, wie Meeresrauschen klingt das sanfte Geräusch der Reifen auf dem Kiesweg. Ich höre, wie der Motor abgestellt wird, wie die Wagentüren zuschlagen. Kurz darauf geht irgendwo im Haus ein Fenster zu Bruch. Wie immer, wenn ich mit einer Angst allein bin, habe ich ein drückendes Gefühl im Magen. Ich höre Schritte, aber mein Herz schlägt so laut, dass ich nicht bestimmen kann, aus welcher Richtung sie kommen. Gleich greifen sie an.

Vorgestern betrat die gesamte Familie den Garten, als ich gerade meinen Bauch mit Sonnenmilch eincremte. Es war schon Nachmittag, mein Mann hatte das Polster eines Sonnenstuhls auf den Rasen gelegt und schlummerte seit einer halben Stunde darauf. Er brauchte eine Pause von seinen Skulpturen, die im Laufe des Vormittags monströse Formen angenommen hatten, einige besaßen dicke Bäuche aus aneinandergebundenen Rindenstücken, andere waren schlank und hoch wie Giraffenhälse. Mir fiel auf, dass die Familie erstaunlich blass war und in ihren Regenjacken zu schwitzen schien, und ich drückte noch mehr Sonnenmilch aus der Flasche und verrieb sie länger als nötig. Das Kind hockte sich neben meinen Mann und fummelte an dessen Armbanduhr herum. Mein Mann schüttelte schlaftrunken seinen Arm, als wollte er eine Fliege vertreiben. Er wurde munter und setzte sich auf, als das Kind seinen Eltern stolz die erbeutete Uhr präsentierte. „Gib sie mir wieder." Wütend folgte er dem Kind, das sich hinter den Beinen seiner Eltern versteckte. Er hockte sich hin, griff zwischen den Beinen hindurch und packte das Kind am Arm. Das Kind heulte auf und biss in die Hand meines Mannes. Der Laut, den mein Mann von sich gab, klang eher überrascht als schmerzerfüllt. „Können Sie Ihrem Kind bitte sagen, dass es meinem Mann die Uhr zurückgeben soll?", fragte ich so vertraut, als würde ich die Familie schon seit einigen Jahren kennen. Niemand reagierte auf meine Frage. Stattdessen nahm der Vater das Kind auf den Arm, Vater und Mutter drehten sich um und liefen zu ihrem Wagen. Ehe mein Mann sie einholen konnte, waren sie schon losgefahren. Mein Mann rannte dem Wagen ein Stück hinterher, wenige Augenblicke später kehrte er jedoch zurück und ließ sich müde auf sein Sonnenstuhlpolster fallen. „Die spinnen." – „Hast du dir wenigstens das Autokennzeichen gemerkt?", fragte ich. „Nein." – „Kannst du ja beim nächsten Mal tun." – „Was soll das heißen: beim nächsten Mal?" – „Das sind die, die gestern und vorgestern schon da waren", erklärte ich. „Davon habe ich nichts gehört." Mein Mann gähnte und schlief sofort wieder ein. Als er am frühen Abend erwachte, erzählte er mir seinen Traum: Ein Kind hätte seine Armbanduhr gestohlen. „Das hast du nicht geträumt", sagte ich, „es war tatsächlich eine Familie hier." Mein Mann umschloss mit Daumen und Mittelfinger der rechten Hand sein linkes Handgelenk, an dem die Uhr fehlte. Er glaubte mir nicht, sondern bezichtigte mich, der Uhrendieb zu sein. „Wieso sollte ich deine Uhr wegnehmen?", fragte ich. Er zuckte so heftig mit den Schultern, als wüsste er die Antwort genau. Im Haus streute ich Pfeffer in den Tomatensalat, den er zubereitet hatte, und beim Abendessen traten uns Tränen in die Augen, weil der Salat so scharf war. Am Abend vor dem Fernseher spielte ich mit einzelnen Haarsträhnen, bis mein Mann einen Nachtspaziergang unternahm, statt neben mir auf der Couch zu sitzen. Ich hörte nicht, wie er von seinem Spaziergang zurückkehrte, ich hatte mich schon schräg in das Doppelbett im Schlafzimmer gelegt.

Gestern parkten sie nicht auf der Straße, sondern fuhren gleich in unseren Garten. Von ihrem Wagen perlte Regen, die Scheibenwischer bewegten sich ein letztes Mal, ehe der Wagen in der Sonne zum Stehen kam. Ich lag wie immer im Sonnenstuhl und las, mein Mann arbeitete hinter dem Haus an seinen Skulpturen, schlug Nägel in das Holz, verband Rindenstücke mit Schnüren, befestigte auf den obersten Holzstücken Tannenzapfen, die in die Luft ragten wie zu kurz geratene Antennen. „Jetzt will ich Ihnen was sagen", begann der Vater, ohne mich zu begrüßen, „Sie benötigen dieses große Haus überhaupt nicht!" – „Können Sie mir nicht erst einmal die Uhr meines Mannes zurückgeben?", antwortete ich. Der Vater überging meine Bemerkung. „Welchen Grund gibt es, dass wir zu dritt in einem kleineren Haus wohnen als Sie zu zweit?" In der Hosentasche des Kindes war die Armbanduhr meines Mannes zu erkennen. „Noch dazu, wo es bei uns immer regnet. Unser Haus ist einfach zu klein für drei Personen." Plötzlich wurde der Vater wieder ruhig. „Wollen wir nicht unsere Häuser tauschen? Dann bekommen Sie Ihre Uhr zurück." Die Sonne stach mir in den Nacken, ich hörte, wie mein Mann einen Nagel in das Holz trieb, ein hohles, stetiges Klopfen. Ich schüttelte wortlos den Kopf. „Ihr Schweigen ist eine Kriegserklärung", stellte der Vater fest. Ich wusste nichts zu sagen, früher hatte mein Mann mich in solchen Situationen verteidigt, aber jetzt bastelte er hinter dem Haus Giraffenhälse. Plötzlich näherte sich der Vater mir mit schnellen Schritten, ängstlich rannte ich ins Haus und schlug die Tür hinter mir zu. Aus dem

Küchenfenster beobachtete ich, wie er meinen Sonnenstuhl am Apfelbaum zertrümmerte und dann mit dem Kind redete. Es platzierte die Uhr meines Mannes auf einen Stein und schlug mit einem anderen Stein zweimal auf das Zifferblatt. Dann stieg die Familie wieder in den Wagen, die Wagentüren klappten, der Motor startete. Mein Mann kühlte gerade seinen rechten Daumen mit Spucke, als ich ihm die Uhr hinter das Haus brachte. „Hier", sagte ich, „das Kind, das sie dir gestern weggenommen hat, war eben da." – „Ich habe gar nichts gehört", sagte er und schaute misstrauisch auf das zerschlagene Uhrglas. „Du denkst dir irgendwelche Sachen aus, in Wirklichkeit hast *du* die Uhr kaputt gemacht!" Ich drehte mich um. Der Sonnenstuhl vor dem Haus war verschwunden, mein Buch lag aufgeklappt auf der Wiese, einige Seiten zerknickt. In der Nacht kletterte ich aus dem Schlafzimmerfenster und zerstörte die Skulpturen meines Mannes. Ich benutzte dazu den Spaten, mit dem mein Mann die größten Holzstücke wie kleine Fundamente in die Erde gegraben hatte. Immer wieder schlug ich gegen die Konstruktionen aus Holz, Rinde und Tannenzapfen, Erdklumpen spritzten durch die Luft, und die Skulpturen brachen eine nach der anderen auseinander. Die Reste ließ ich im Garten liegen wie den Holzhaufen für ein großes Lagerfeuer, und zuletzt warf ich den Spaten darauf, damit mein Mann wusste, dass nicht ein Unwetter oder ein Tier seine Skulpturen vernichtet hatten. Er schlief im Wohnzimmer und wurde nicht wach.

Und jetzt, nach einem Tag, an dem die Familie unseren Garten nicht betreten hat, nach einem weiteren Tag, an dem mein Mann und ich uns kaum unterhalten haben, habe ich mich verbarrikadiert, indem ich den großen Schrank aus dem Wohnzimmer vor die Haustür geschoben habe. Ich stehe im Flur, während mein Mann sich im Garten vielleicht ein Lagerfeuer angezündet hat, das haben wir früher häufig getan, und dann haben wir Knüppelbrot in die Hitze gehalten. Obwohl der Teig nie richtig fest wurde, haben wir ihn gegessen. Irgendwo im Haus sind sie, ich höre Stimmen, dann schlägt etwas dumpf gegen die Tür zum Schlafzimmer. Ich sehe kurz die Spitze einer Axt, die gleich darauf wieder aus dem Holz gezogen wird. Auf dem Garderobenschränkchen habe ich ein Messer zurechtgelegt, ich nehme es in die Hand, als die Axt ein zweites Mal in die Tür schlägt und das Holz zersplittert. Durch das Loch in der Tür sehe ich das Gesicht des Vaters. Plötzlich springt das Kind in den Flur und verkrallt sich im Stoff meiner Hose. Das Messer in meiner rechten Hand umklammere ich fest, trotzdem kann ich das Kind nicht erstechen, meine Arme sind plötzlich nicht mehr zu bewegen. Vater und Mutter öffnen die Tür, indem sie durch das Loch im Holz greifen und den Schlüssel umdrehen, langsam betreten sie den Flur. Ihre Gesichter sind verkniffen, ihre Augen zu Strichen verengt, sie rümpfen ihre Nasen, ihre Mundwinkel weisen nach unten, so als hätten sie Schmerzen.

Ich bin froh, dass mein Name Frau Z. ist

Großkunde 43-53 ruft an und beschwert sich, dass Frau M. auf seine Nachricht wegen der mangelhaften Produktqualität nicht reagiert. Er habe die Nachricht bereits vor vier Tagen an Frau M. gesendet. Ich wundere mich, denn noch nie hat Frau M. eine Beschwerde nachlässig behandelt. Immer sind die Kunden mit ihrer Arbeit zufrieden, oft treffen Dankschreiben für sie ein, und Weihnachten, habe ich gehört, erhält sie die größte Zahl an Paketen mit Keksen und Wein. Ich entschuldige mich beim Großkunden 43-53 und verspreche ihm, Frau M. auf ihr Versäumnis hinzuweisen. Der weiche blaue Teppich auf dem Flur schluckt das Geräusch meiner Schritte. Hinter der Glastür zeichnet sich Frau M.s Körper als Schatten ab, doch auf mein Klopfen antwortet Frau M. nicht. Mir fällt auf, dass ich Frau M. seit vier Tagen nicht gesehen habe. Ich habe sie weder am Kaffeeautomaten noch in der Cafeteria getroffen, auch auf dem Gang zur Toilette oder zum Kopierer sind wir uns nicht begegnet. Wenn wir uns über den Weg laufen, wechseln wir oft ein paar Worte, ich frage sie nach Rechnungsnummern oder dem Materialnachschub, ich arbeite erst seit drei Monaten in der Firma, und über viele Gepflogenheiten weiß ich noch nicht Bescheid. Immer erklärt Frau M. ruhig und freundlich, wie ich die korrekte Rechnungsnummer ermittle oder an welcher Stelle ich Umschläge im A3-Format finden kann.

Ich klopfe am Zimmer nebenan. Frau N. ruft ungeduldig: „Ja, bitte?“ Ich öffne die Tür, und obwohl Frau N. den Kopf nicht hebt, setze ich an: „Frau M. ...“ Sie schneidet mir das Wort ab. „Was ist schon wieder mit Frau M.?“, schimpft sie. „Reicht es nicht, dass ich letzte Woche einen ganzen Stapel Rechnungen für sie eingeben musste? Sehen Sie diesen Ordner hier? Den sollte sie eigentlich selbst durcharbeiten, aber auch den hat sie in mein Fach geschoben!“ – „Sie reagiert nicht auf mein Klopfen“, erwidere ich und versuche, mein Erstaunen darüber zu verbergen, dass Frau M. bei ihrer Arbeit Hilfe benötigt. Bisher habe ich sie für eine besonders fleißige Mitarbeiterin gehalten. „Na und?“, fragt Frau N. „Antworten Sie immer, wenn jemand an Ihre Tür klopft?“ Ich verschweige, dass ich noch nie auf die Idee gekommen bin, das Türklopfen zu ignorieren. „Mir liegt eine Kundenbeschwerde vor, auf die sie seit vier Tagen nicht geantwortet hat“, erkläre ich stattdessen. „Gut“, seufzt Frau N., „schauen wir nach. Man kann ja nie wissen.“ Wieder erfolgt keine Reaktion, als wir an Frau M.s Zimmer klopfen. Kurzerhand öffnet Frau N. die Tür. Frau M. sitzt aufrecht vor ihrem Computer, sie dreht sich nicht zu uns um, ihr Blick ist starr auf den Bildschirm gerichtet, ihr Gesicht ist bläulich blass, ihre Hände drücken auf die Tastatur, auf diese Weise haben sie ein endloses Dokument erstellt. Ich berühre Frau M.s Hände, sie sind leblos und kalt. Ich erschrecke, versuche jedoch, mir nichts anmerken zu lassen. „Das passiert manchmal bei uns“, sagt Frau N. Sie scheint zu wissen, wie in einem solchen Fall zu verfahren ist: Sie ruft den Firmenarzt an. Während sich nach und nach die Mitarbeiterinnen aus den benachbarten Zimmern in Frau M.s Büro versammeln und sich betroffen darüber zeigen, vier Tage lang nichts von

Frau M.s Unglück bemerkt zu haben, beginne ich, leise zu weinen. Ich versuche, dabei keinen Laut von mir zu geben, dennoch werden einige Mitarbeiterinnen auf mich aufmerksam, und Frau O. leiht mir ihr buntes Nickituch, damit ich meine Tränen abwischen kann. Als sie es mir gibt, legt sie den Zeigefinger über ihre Lippen. Die Geste tröstet mich. Verstohlen mustere ich die tote Frau M. Kurze Zeit später trifft der Firmenarzt ein und diagnostiziert eine Hirnvenenthrombose. Die Mitarbeiterinnen in Frau M.s Zimmer nicken, als hätten sie diesen Befund erwartet. Frau N. sagt: „Daran ist vor einem halben Jahr auch Frau L. gestorben." – „Nein", widerspricht Frau O., „Frau L. ist an einer Wadenvenenthrombose gestorben." – „Das mit der Wadenvenenthrombose war Frau K.!", wirft Frau P. ein. Auch ich nicke bei jedem Satz, als würde ich mich erinnern, dabei bin ich doch erst seit drei Monaten in der Firma angestellt.

Mit dem Arm fegt Frau N. Frau M.s Beistelltisch leer. Papier segelt durch die Luft, Folien fliegen durch den Raum, Tacker, Locher und Büroklammern fallen auf den Boden, auch der Bilderrahmen mit dem Bild von Frau M.s Mutter stürzt hinunter. Auf dem weichen, blauen Teppich zerbricht er nicht. Dafür schlägt die kleine grüne Tischlampe beim Fallen klirrend gegen die Wand. Ich zucke zusammen und schaue mich um, niemanden scheint das Geräusch erschreckt zu haben. Frau N., Frau O. und Frau P. heben die tote Frau M. von dem Bürostuhl auf den leeren Beistelltisch und beginnen, sie zu entkleiden. Selbst Büstenhalter und Unterhose ziehen sie Frau M. aus. Unter der linken Brust hat Frau M. ein großes Muttermal, das man nur sehen kann, wenn sie liegt, und ihr Schamhaar ist fusselig wie eine alte Wolldecke. Es ist still im Raum, und die anderen Mitarbeiterinnen schauen die nackte Frau M. so ungerührt an, als würde in der Firma jeden Tag jemand sterben. Wortlos lehnen sie an den Aktenschränken, an der weißen Wand oder im Türrahmen. Ich wische mir noch einmal mit dem Nickituch über die Wangen und öffne den Mund, um zu fragen, wodurch einen Hirnvenenthrombose verursacht wird, doch die starren Blicke der anderen Mitarbeiterinnen bringen mich zum Schweigen. Frau P. hebt Frau M.s Bürostuhl an und entnimmt einer der Rollen einen kleinen silbernen Schlüssel. Sie öffnet mit ihm die unterste Schublade des Beistelltischs und holt ein langes Hemd aus dünnem weißem Stoff heraus, das am Saum mit rosafarbenen Blüten bestickt ist. Frau N. und Frau O. ziehen Frau M. das Hemd über, während Frau P. zum Materiallager am Ende des Flurs läuft. Mit meinem Blick verfolge ich ihren Weg über den Gang. Sie kehrt mit einem frischen Hemd zurück, verstaut es in der untersten Schublade des Beistelltischs, verschließt die Schublade und lässt den Schlüssel dann in der Rolle des Bürostuhls verschwinden.

Plötzlich beginnen die anderen Mitarbeiterinnen wieder zu sprechen. „Das hätten wir also abermals überstanden“, sagt Frau Q. „Zeit zum Mittagessen“, stellt Frau R. fest. „Heute gibt es Rollbraten“, teilt Frau S. mit. „War das nicht gestern?“, wirft Frau T. ein. „Vorgestern“, flüstere ich und möchte den Raum verlassen, als Frau N. mich am Arm festhält. „Sie sind doch neu, oder nicht?“, fragt sie. Als ich den Kopf senke, fährt sie fort: „Dann können Sie sich das ruhig ansehen, damit Sie schon Bescheid wissen, für später.“ Lieber würde ich zurück in mein Zimmer gehen, um die Nachricht des Großkunden 43-53 zu beantworten, aber Frau N.s fester Griff um meinen Arm zeigt mir, dass sie keinen

Widerspruch duldet. Mit einem Schraubenzieher trennt sie den Beistelltisch vom Schreibtisch, löst die Fixierungen der Tischrollen, schiebt den Beistelltisch wie eine Bahre aus dem Zimmer und durch den meterlangen Flur zum Aufzug, Frau O., Frau P. und ich laufen wortlos hinterher. Frau M.s Brustwarzen zeichnen sich durch den dünnen Stoff ab, selbst ihr großes Muttermal ist zu sehen. Wenn uns jemand entgegenkommt, grüßen die drei Frauen, als würden sie einen neuen Bürostuhl transportieren, und ich tue es ihnen nach. Im Aufzug sagt Frau N.: „Ich bin froh, dass ich Frau M. letzte Woche noch mit den Rechnungen geholfen habe. Sonst ..." Sie beendet ihren Satz nicht.

Die Gänge im Keller sind länger als die in der zwölften Etage, sie sind nicht mit weichem blauem Teppich ausgelegt, und statt der Glastüren gehen unzählige Holztüren von ihnen ab. Die Rollen des Beistelltischs klackern über die alten Steinplatten, Frau O. und Frau P. halten den Tisch an den Seiten fest, damit er nicht umkippt, wenn er an einer hohen Kante hängen bleibt. Sie schieben den Tisch immer wieder um Ecken, der Weg scheint endlos, ich verliere schnell die Orientierung. Gern würde ich mir den Keller genauer ansehen, aber Frau M.s Füße fesseln meinen Blick. Durch das Fahren auf dem unebenen Boden zucken sie, als würde man Frau M. gerade mit Stromstößen reanimieren. Niemand sagt etwas, bis wir an einer Tür mit dem Buchstaben M ankommen. Wir betreten einen Kellerraum mit einer halbrunden Decke und Wänden aus altem, grauem Gestein. An den Wänden sind mächtige Regalbretter befestigt, auf denen große Holztruhen stehen. Ich zähle insgesamt zehn Truhen, manche sind mit einer dicken Staubschicht bedeckt. „Die hier können wir nehmen", sagt Frau N. und weist auf eine Truhe im vierten Regalboden. Sie stellt sie auf den Boden und öffnet den Deckel, zu dritt heben sie die leblose Frau M. hinein und knicken deren Gliedmaßen so ein, dass der Deckel die Truhe wieder problemlos verschließen kann. An die Seite der Truhe klebt Frau N. ein Schild, das sie einem Etikettenspender an der Wand entnimmt. *2008* schreibt sie darauf. Frau N., Frau O. und Frau P. gelingt es nicht, die Truhe zurück in das Regal zu heben. Ich muss ihnen helfen, indem ich mich unter die Truhe stelle. Für einen Moment lagern sie die Truhe auf meinem Rücken, greifen um und stemmen sie dann zurück in das vierte Regalbrett. Als ich mich wieder aufrichte, habe ich plötzlich Schmerzen im Rücken, doch ich sage nichts. „Beim nächsten Mal ...", setzt Frau N. im Aufzug an und hält mitten im Satz inne. Frau O. und Frau P. fragen nicht nach, so dass auch ich schweige.

Zurück in der zwölften Etage schieben Frau N., Frau O. und Frau P. den Beistelltisch wieder in Frau M.s Zimmer, dabei fahren sie versehentlich über den Bilderrahmen, der immer noch am Boden liegt, er zerbricht. Ich möchte sie auf ihr Missgeschick hinweisen, aber ohne mich noch einmal anzusehen, laufen sie zurück in ihre Büros. Ich schiebe die Scherben des Bilderrahmens zusammen, und obwohl meine Bewegungen hastig sind, schneide ich mich nicht, denn die Scherben sind nicht aus Glas, sondern aus Plastik. Dann gehe auch ich zurück an den Computer, ich setze ein Schreiben an den Großkunden 43-53 auf, in dem ich mich im Namen der Firma für die mangelhafte Produktqualität entschuldige. Als ich später zur Toilette laufe, um das Nickituch auszuwaschen, passiere ich Frau M.s Zimmer. Niemand sitzt darin, aber alles ist wie vorher, der Beistelltisch ist wieder mit dem Schreibtisch verbunden, der Computer ist eingeschaltet, selbst ein neuer, leerer Bilderrahmen wartet schon. Im Toilettenraum lasse ich etwas Wasser in ein Waschbecken und weiche das Nickituch ein, ich gebe Seife hinzu, ich ziehe das Tuch durch das Wasser, reibe den glatten Stoff aneinander, wringe das Tuch aus, tauche es wieder in das trübe Wasser, ich reibe und wringe immer weiter, als befänden sich nicht nur meine Tränen in dem Tuch.

Nur Italien, nur eine Strasse

Ich stehe mitten auf der Straße. „Das schaffst du schon“, hat er gesagt und die Tür von innen mit einem lauten Knall geschlossen. Seitdem ist es ruhig hier. Ich laufe. Ich habe meine Sachen am Leib, eine Flasche Wasser in der Hand, eine Packung Zigaretten in der Rocktasche, sonst nichts. Ich laufe, Schritt für Schritt. „Die Straße führt zehn Kilometer geradeaus, schau doch mal, da können wir uns gar nicht verfahren, und am Ende kommt das Dorf, in dem wir links abbiegen müssen“, habe ich bei unserer letzten Pause mit warmem Eistee und Tortillachips gesagt und ihm den Weg auf der Straßenkarte gezeigt, die ausgebreitet auf der Motorhaube lag. „Das ist vielleicht unser letzter Urlaub“, hat er erwidert und gelächelt. „Wieso?“, habe ich gefragt. „Du darfst jetzt nicht mehr einsteigen.“ – „Wieso?“, habe ich gefragt. „Wieso darf ich nicht mehr einsteigen?“ Es war mittags um eins. Ich laufe. Meine Füße sind staubig geworden in den Sandalen, und ein dreckiger Film bedeckt meine Haut. Ich vermisse meine Sonnenmilch, da vorne im Auto, zehn Kilometer entfernt. „Du musst jetzt laufen, sonst ist das vielleicht unser letzter Urlaub.“ – „Spinnst du?“ Dann ist er ins Auto gestiegen und hat die Türen von innen verriegelt. Er hat sich auf den Beifahrersitz gelehnt, meine Scheibe ein Stück heruntergekurbelt und gesagt: „Ich bin mir nicht mehr sicher. Wir brauchen einen Beweis. Wir brauchen einen richtigen Beweis, mit Körper und allem.“ Ich laufe langsam und denke nichts. Die Luft schließt mich ein, wahrscheinlich weicht sie auch nicht schneller, wenn ich renne. Mein Kopf glüht, ich muss das Wasser gut einteilen, zehn Kilometer, das sind zwei Stunden, und ich laufe. Dann pinkle ich mitten auf die Straße, weil sowieso kein Auto kommen wird. Ich muss zwar nicht, aber ich möchte mal eine andere Bewegung ausführen. Links und rechts sind Felder mit trockenem Getreide, vorne und hinten die Straße. „Und nicht dass du zurück in die Stadt läufst", hat er mich gewarnt, „wir brauchen einen Beweis, sonst funktioniert das nicht mehr." – „Kann *ich* nicht weiterfahren? *Du* kannst doch auch laufen." – „Nein, du bist dir viel zu sicher. Du kommst jeden Abend in mein Bett und redest. Du denkst, wir brauchen nicht mehr. Du bist so selbstbewusst. Du bist so verdammt wichtig. Zeig mir das auch. Zeig mir das mal anders." – „Du spinnst doch." Dann ist er losgefahren, er ist langsam angefahren, damit ich von der Staubwolke des Autos nicht husten muss. Ich habe trotzdem gehustet. „Du spinnst doch!", habe ich gerufen. Er hat es bestimmt nicht gehört. Es ist vielleicht mittags um zwei. Wenn es so heiß ist, kann man nicht viel tun. Man kann Auto fahren, man kann sich sonnen, man kann schlafen. Es ist ja seine Idee gewesen, nach Italien zu fahren. Es ist ja überhaupt seine Idee gewesen, gemeinsam in den Urlaub zu fahren. Und es ist auch seine Idee gewesen, mich zu küssen und jeden Tag bei mir anzurufen. Ich stecke trockene Ähren in meine Haare und schaue meinen kurzen Schatten an. Mit meinen Sandalen mache ich mir riesige Ohren und sehe aus wie die Strichfigur einer Dreijährigen. Ich finde meine Schattenbeine zu stämmig und stelle mich auf die Zehenspitzen. „Früher", hat meine Mutter gesagt, „habe ich mich um die Versorgung und Kommunikation des Bergwerks gekümmert." – „Was für eine Kommunikation?", habe ich gefragt. „Denkst du nicht, dass die auch kommuniziert haben, die Bergarbeiter?", hat sie gefragt. „Ja, bloß worüber?" – „Ich war mehr Versorgungsspezialistin", hat sie gesagt. „Und dann", hat sie gesagt, „als du kamst, habe ich mich um deine Versorgung und Kommunikation gekümmert." Das hat sie auch immer allen Bekannten so erzählt, sie fand es wahrscheinlich witzig. Mein Vater hat jedenfalls immer gelacht, wenn sie das gesagt hat. Ich laufe und habe keine Uhr und hätte gern einen Kilometerzähler an den Füßen. Ich könnte die Zigaretten auf der Straße zu einem SOS-Signal anordnen. Ich könnte mit ihnen auch die Felder in Brand setzen, dann würde mich schneller jemand finden. Aber im Moment kann ich noch laufen. Ich ziehe die Ähren aus meinen Haaren und versuche, aus ihnen einen Kranz zu flechten. Es geht nicht, ständig brechen sie ab. Es ist zu heiß, um gleichzeitig zu rauchen und zu laufen. Ich laufe. Ich ziehe meine Sandalen aus und stecke sie in den Rockbund, meine Hüfte wird dreckig, aber das ist mir egal. Ich laufe schneller, weil die heiße Straße an meinen Fußsohlen schmerzt, ich hüpfe eine Weile, das muss lustig aussehen. Dann gehe ich neben dem Feld am Straßenrand weiter. Eigentlich will ich ihm gar nichts beweisen, denke ich, allerdings muss ich ihm erst mal beweisen, dass ich das nicht will. Am Horizont sehe ich ein Dorf, doch je näher ich komme, umso kleiner scheint es zu werden. Ich trinke das Wasser aus und stelle die Flasche auf die Straße. Ich lege auch die Sandalen dazu. Ich baue eine kleine Familie daraus, die Flasche ist der Vater, die Mutter ist die linke Sandale, sie bekommt Haare aus Getreideresten und spitze Brüste. Das Kind ist die rechte Sandale, es schläft gerade, ich baue ihm ein weiches Bett aus Ähren. „Man könnte auch einfach zusammenziehen und ein Kind bekommen“, habe ich mal zu ihm gesagt, da hat er mich geküsst und gesagt: „Könnte man. Will man aber nicht.“ – „Du rufst doch immer bei mir an“, habe ich gesagt. „Na und“, hat er geantwortet, „du hebst doch auch immer den Hörer ab. Bloß weil man telefoniert, muss man nicht gleich spießig werden.“ Und er hat mich wieder geküsst, und ich habe etwas anderes gesagt. Die Sandalen-Flaschen-Familie ist schon etwas entfernt. Ich zähle meine Schritte, immer nach hundert Schritten lasse ich einen Getreiderest auf die Straße fallen. Es ist vielleicht nachmittags um drei. Ich finde noch zehn Cent in meiner Rocktasche und werfe sie hoch, fange sie auf und drücke sie auf meinen Handrücken. Kopf heißt: Pille absetzen. Zahl heißt: weiterhin Sex verweigern. Zahl. Glück gehabt, denke ich für ihn, obwohl ich mir nicht sicher bin, was er als das kleinere Übel empfindet. „Ich würde gern deine Eltern kennen lernen“, habe ich mal zu ihm gesagt. „Lohnt sich nicht“, hat er geantwortet. „Für sie oder für mich?“, habe ich gefragt. Er hat mich geküsst. „Außerdem ist es so weit zu fahren. Wenn ich schon lange im Auto sitzen muss, dann, um nach Italien zu fahren.“ – „Okay“, habe ich gesagt. Er ist erschrocken. Wieder hundert Schritte. Ich rechne aus, wenn hundert Schritte immer fünfzig Meter sind – es sind mehr, ich weiß, aber so rechnet es sich leichter –, dann muss ich zweihundert Getreidereste wegwerfen, bis ich da bin. Das ist vielleicht ein Brötchen. Wenn ich ein Brötchen hätte, müsste ich nur hundert Schritte gehen und es dann wegwerfen. Ich hätte gern ein Brötchen. Vielleicht würde ich es auch essen. Ich zähle 150 Getreidereste in meine Hand und von meiner

Hand in meine Tasche, ein Stück bin ich ja schon gegangen. Ob er Musik hört und sich kalten Eistee gekauft hat? Ich singe: „Zehn kleine Getreidereste waren grad beim Bräunen, da kam ein großer Windstoß, und da waren's nur noch neun. Neun kleine Getreidereste haben sich verkracht, da kam ein dicker Bäcker, und es waren nur noch acht." Ich habe keine Lust mehr und summe nur noch. Der Reim auf „fünf" wird sowieso nichts. Jetzt sehe ich wirklich das Dorf. Ich werfe gleich noch ein paar Getreidereste weg, weil ich mich offensichtlich verzählt habe. Die Häuser sind weiß und ungleichmäßig verputzt und haben Dächer aus ockerroten Ziegeln, wie überall hier. Auf der Straße im Dorf liegen ein paar Scherben und Plastikstücke, ich trete vorsichtiger auf mit meinen bloßen Füßen. Es ist vielleicht nachmittags um vier. Ich laufe, Schritt für Schritt. Ich zähle nicht mehr. „Du bist nie auf deinem Balkon", habe ich gesagt. „Woher willst du das wissen, vielleicht sitze ich immer draußen, wenn wir telefonieren", hat er geantwortet. „Aber jetzt", habe ich gesagt. „Jetzt bin ich hier." Und er hat mich geküsst und dabei ein Gähnen unterdrückt, seine Lippen haben leicht gezittert und sich fester gegen meine gepresst, ich habe die verkrampften Kiefernknochen zwischen meinen Händen gehabt, ich habe fest zugedrückt, es muss wehgetan haben, ich habe es später bei mir selbst probiert. Er hat nichts gesagt und wieder gegähnt und mich weiter geküsst. Ich passiere das erste Haus, da entdeckte ich das Auto an der Kreuzung, an der wir abbiegen müssen. Es weist schon in die richtige Richtung. Noch fünf Kilometer, und wir sind am Strand. Fünf Kilometer sind hundert Getreidereste, ein halbes Brötchen. Fünf Kilometer im Auto sind zwei Gähner. Ich setze mich auf die Kofferraumklappe und zünde mir eine Zigarette an. Ich rauche, mein Hintern verbrennt. Vielleicht beobachtet er mich im Rückspiegel. Dann springe ich hinunter und laufe zurück. Ich glaube, mein Sandalenkind wartet auf mich.

Für die Erzählung *Das Ansichtskartenafrika* erhielt die Autorin den Würth-Literaturpreis 2008. Die Wiedergabe in diesem Buch erfolgt mit freundlicher Genehmigung der Preisstifter.